オジサマはイカせ屋

霧原一輝

双葉文庫

目次

オジサマはイカせ屋

第一章　バツイチ女課長の絶頂体験

1

「そこにあるアイマスクをつけていただけますか？」

「目隠しですか？」

「ええ……メガネを外してご自分で見えないように、しっかりと目を覆(おお)ってください」

ほとんど相手が見えないほどの薄暗闇のなかで、吉増泰三(よしますたいぞう)は依頼者である永峰(ながみね)眞弓(まゆみ)に声をかけた。

「視覚を奪われれば、聴覚や触覚、嗅覚が目覚めて、眞弓さんは深い世界に入っていけます」

「でも、吉増さんがどんな方かわかっていないと、不安です」

「これまでもメールや電話では相談に乗ってきましたね。私は四十三歳で……そうですね、容姿は俳優の東島秀利に似ているとよく言われます。ですから、眞弓さんは彼を想像してください」

「そう言えば、確かに声が東島秀利に似ていらっしゃいますね」

「ありがとうございます。うれしいです、そう言っていただいて」

泰三は実際には小太りで、顔も不細工、名優でやさしげなイケメンである東島秀利とは似ても似つかない。それに、申告した年齢もウソで、実際は四十九歳である。

なるべくならウソはつきたくない。しかし、今までセックスでイッたことがない女性をオルガスムスに導かなければいけないのだから、イケメンを想像させたほうが有利なのだ。ウソも方便だ。

「よかったら、アイマスクをつけてください。絶対に乱暴なことはいたしません。私を信じてください」

「わかりました。信用します……」

眞弓がテーブルに載っている黒いアイマスクをつけて、後ろでバチッと金具を留めた。それを見た泰三は、照明のスイッチを操作して、すこし明るくした。

依頼者の眞弓は三十八歳で、某リース会社で課長をしている。

知的なメガネ美人であり、仕事もできる。

だが、彼女は大きな問題を抱えていた。

眞弓は男と交わってイッたことがないと言う。離婚したのも、性格が合わないというより、性の不一致が原因だったようだ。

『イケる身体になりたい』というのが、眞弓の依頼だった。

吉増泰三は飲料メーカーに勤めていて、経理一筋でやってきた。今は経理部の課長職で、部下もいる。

そんな泰三が三年前に副業として『オンライン実践的性コンサルタント』をはじめたのには、深いわけがあった。

泰三は三十一歳で二歳年下の関連会社のＯＬと結婚した。だが、表と裏を使い分けるしたたかすぎる女で、結婚後も完全に振りまわされ、挙げ句に不倫されて、わずか三年で離婚した。

今、考えると、たとえ性格は悪くても、あれほどの美女がよく自分のような不細工な男と結婚してくれたな、と感謝はしている。

そして、今も当時建てたマイホームにひとりで住んでいる。ローンを払いつづけていて、この副業は、結果的にローン返済の足しにもなっている。

だが、離婚は悪いことばかりではなかった。

別れる際に、彼女にこう言われた。

『こんなことは言いたくないんだけど、あなたのためだから言うのよ。あなた、セックス下手すぎ。モノは悪くないのに、それに胡座をかいてるのよ。もう少し、女性への愛撫の仕方やムードづくり、実戦での体位の変化なんかを考えたら？　もともと容姿に恵まれているとは言いがたいんだから、なかなか女性を抱けるチャンスってないと思うのよ。その少ないチャンスを逃がさないように、一発で仕留めるセックスを研究しなさいよ。これが、あなたへの餞別の言葉……ちなみに、わたしがあなたに惹かれたのは、あなたが経理のプロでまず食いはぐれはないと思ったの。それに、あなたは誠実だから……でも、ステディーで誠実なだけでは、女をつなぎ止めておくのは難しいんじゃないのかな。頑張ってね』

別れた妻から言われて、悔しかったが、それは事実だと思った。

自分は経理一筋で、仕事には自信があった。

だが、ただたんに真面目で、仕事ができるだけではダメなのだ。

泰三は考え方をがらりと変えた。

遊興費の大半をソープランド通いに費やし、様々なソープ嬢に実験台となってもらい、セックスのテクニックを磨いた。

そのテクニックを使うべく、交際相手を見つけようとマッチングアプリを駆使した。

実際には、身長一六八センチで体重七十キロのブサメンではなかなか相手が見つからなかったが、なかには高収入に釣られて食いついてきた女もいた。そのような女性は、全身全霊をかけて、抱かせてもらった。

そこで、泰三は世の中には様々な女性がいることを学んだ。セックスの反応だって、まったく違うのだ。Aには効果覿面だった愛撫がBには通用しなかったりする。

泰三自身、もう結婚への期待感がなかったこともあって、抱いた女性と結婚には至らなかった。だが、いろいろな女性と関係を持ち、泰三のなかには体験と知識が蓄積されていった。

また、女性のなかには、様々な性的悩みを抱いている者が想像以上に多いことに気づいた。

インターネットのＳＮＳを使って、女性の性的な悩みを聞き、アドバイスを送る。それでも解決できない場合は、セックスを実践することによって、悩みを解決していく――そんなカウンセリングと実践を収益化しようと思い立って、この『オンライン実践的性コンサルタント』をはじめたのである。

クライアントから信用を得るために、二カ月の通信講座を受講し、メンタル心理ヘルスカウンセラーという資格を取って、SNSのプロフィールに載せた。

さらに、実績として、これまで泰三が見聞きし、体験した女性の性的な悩みとその解決例をサンプルとして、いくつもアップした。

その結果、ぼつぼつと相談が寄せられるようになり、今では副業といえるだけの収益を得ていた。

社内の誰ひとりとして、あの冴えない地味なオジサンがセックスのコンサルタントをしているなどとは、夢にも思わないだろう。

2

照明を少し明るくすると、黒スリップ姿で佇む眞弓の姿が浮かびあがった。

下着はつけないで、こちらの用意したスリップだけを着るように言ってある。

光沢のあるシルクタッチの布を左右の乳首がツンと持ちあげて、素材の柔らかなスリップが下腹部の窪みと太腿の曲線を甘美に見せていた。

内巻きのミドルレングスの髪が、ととのった顔に沿って流れ、黒いアイマスクで目を隠して、不安そうにうつむいている姿が、たまらなく男心をかきたてる。

泰三は背後からそっと近づいていく。いきなり抱きしめると、

「あっ……！」

びくっとして、眞弓が顔を撥ねあげた。

「大丈夫ですよ。乱暴なことは一切しません。眞弓さんは素晴らしい女性だ。仕事ができるし、美人でもある。性格もきわめていい」

泰三は褒めながら、後ろからまわし込んだ指でスリップ越しに乳房をやさしく包み込む。

「そんな、買いかぶりです。わたしなんか、空っぽで何もないんです。そのくせ見栄っ張りで、不感症で……あんっ！」

眞弓ががくんと身体を跳ねあげた。

泰三がスリップ越しにそれとわかる乳首をつまんで、くりっと捏ねたのだ。

「ほら、こんなに感じて……これのどこが不感症だと言うんですか？」

「何も見えないせいか、すごく身体が……」

「いいんですよ、それで……私の前ではすべてを解放してください。怖がらない

で」

「はい……」

スリップ越しに身体のラインに沿って、スーッと撫であげ、撫でさげる。

「んっ……あっ……」

眞弓はびくっ、びくっと震えて、それを恥じるように右手の甲を口に当てて、声を押し殺した。

きめ細かい肌がいっせいに粟立って、眞弓が心底から感じていることを伝えてくる。

アイマスクで見えないぶん、肌が敏感になり、少しの刺激でも倍増され、それが掻痒感を生み、もっと強い刺激が欲しくなるのだ。

すぐにスリップは脱がさない。ほとんどの女性は自分の身体のどこかにコンプレックスを抱えている。だから、スリップをつけているほうが安心できて、セックスに集中できるのだ。

コリコリに勃ってきた乳首が薄い黒のスリップを持ちあげている。そのポチッとした突起が薄暗い照明に浮かびあがって、ひどくいやらしい。

泰三はふくらみを揉みしだきながら、もう片方の突起を愛撫する。乳首本体には触れずに、周辺を円を描くようになぞってやる。

それをつづけていると、眞弓の腰が揺れはじめた。

「ぁあああ……もう、もう……」

「何ですか？」

「乳首……乳首を触ってください」

「こうですか？」

ポチッとした突起を黒いスリップ越しにつまんで、左右に転がすと、

「ぁあああ、うぅぅ……」

眞弓はのけぞって、ヒップを後ろにぐいぐい突き出してくる。

あらわになった白い臀部が勃起した泰三のイチモツを擦り、その硬めの弾力が気持ちいい。

泰三はもう裸になっているから、眞弓にもイチモツが硬くなっているのがわかるはずだ。

「硬いでしょ？」

「はい、すごいわ。カチカチ……」

「触ってみますか？　目隠しされて、おチンチンに触るのは初めてでしょう？」

「ええ……」

「どうぞ」

眞弓の右手をつかんで後ろに導く。握らせると、びっくりしたように手が引いていく。もう一度引き寄せると、今度は握ったままになった。

泰三は後ろ手に勃起を握らせたまま、耳元で訊いた。

「目隠しされてのおチンチンの握り具合はどうですか？」

「……熱いわ。それに、硬い……ただ硬いだけじゃなくて、柔らかさもあるの。血管がぷっくりしているのもわかる。人間だなって思う。血が通っているんだなって……んっ、ここは？」

眞弓が本体と亀頭冠の出っ張りに丸くした指を引っかけた。

「そこは、カリですよ」

眞弓は無言のまま、ゆっくりと段差の部分を指で擦ってくる。

「くっ……！　気持ちいいですよ、そこ。おしゃぶりしてみませんか？」

「……でも、まったく見えないから、上手くできないと思います」

「大丈夫です。見えないおチンチンを充分に感じてください」

泰三はアイマスクをつけた眞弓を誘導する。ベッドに足を開いて座り、その前

き、

「このほうが安定するでしょ。ここです」

眞弓の右手をつかんで、勃起に誘導した。眞弓はおずおずと肉棹を握ってしごく。

「温かくて、ドクドクしている。血液の流れがわかるわ」

眞弓は興味津々の様子で肉棹をなぞって言う。

「よくはわからないけど、カリが張って、すごくいい形をしているみたい」

「女性の方たちからは、ハンサムなおチンチンと呼ばれています」

「そんな気がします」

今、眞弓の頭のなかには、イケメンの俳優とハンサムなペニスが浮かんでいることだろう。

「そこに、キスしてください」

誘うと、眞弓が左手も動員して距離をはかり、慎重に顔を寄せてきた。

一瞬、鼻を亀頭部で突かれて、驚いたようだったが、すぐに立ち直って、唇を窄め、チュッ、チュッと頭部にキスしてくる。

縦に走る鈴口を横から押さえて口を開かせ、自分も顔をよじって溝に沿って舐めてきたのには驚いた。

細い舌先で溝を開くようになぞられると、ぞわぞわっとした快感が体内を走り抜ける。

（おいおい、眞弓さん、予想より上手いじゃないか）

ちょっと驚いた。

依頼が来たときから、固い仕事でなおかつ女性ながら課長をしているので、真面目すぎてセックスも下手だろうと勝手に思い込んでいた。

強すぎる理性を奪うためにも、目隠しをした。

その成果が出たのか、想像以上に身体は敏感だった。

目隠し効果は、受け身の感受性ばかりではなく、積極的な愛撫のほうにもいい影響を及ぼしたようだ。

眞弓は尿道口を開き、なかまで舌を侵入させながら、もう片方の手指で肉柱を握って、絞りあげてくる。

「くっ……上手ですよ」

褒めると、

「不思議だわ。いつもは、したくてもできないことが、今はできるの。きっと、目隠しされているからだわ」

　そう言って、眞弓は顔を傾け、舌を裏筋に沿って下へと走らせていった。

　睾丸の付け根までおろしていき、今度は舐めあげてくる。

　ツーッ、ツーッと何度もなぞりあげられると、くすぐったさが快感に変わって、分身がびくん、びくんと躍りあがる。

　すると、眞弓が上から一気に頬張ってきた。

　切っ先で喉を突かれたのか、ぐふっ、ぐふっと噎せる。だが、吐き出そうとはせずに、もっとできるとばかりに唇が陰毛に接するまで深く咥え込んでくる。

（上手いじゃないか……真面目な女性課長も身体の底には貪欲な女の本能を隠し持っていたんだな。これなら、絶頂まで導けるんじゃないか……）

　今、眞弓は深く頬張ったまま、なかでねっとりと舌をからませている。まるで、アイスバーでも舐めるように丹念に舐めしゃぶり、時々、ジュルルッと唾とともに啜りあげる。

　吸いながらいったん吐き出して、亀頭冠の真裏をちろちろと舐めてきた。

　そうしながら、根元を握って、ぎゅっ、ぎゅっと力強くしごいてくる。

　いったん口を離してしまうと、位置がわからなくなるという不安感がそうさせるのか、片時も唇や舌を肉柱から離さない。

黒いアイマスクとスリップだけの姿で、一心不乱に男のシンボルにしゃぶりついている。

眞弓は男根が本質的に好きなのだと感じた。

女性のなかには、男のシンボルをしゃぶることを苦にしない人がいる。おそらく、眞弓はそのタイプだ。

セックスでイケないコンプレックスを、男を悦(よろこ)ばせることで解消しようとしているのかもしれない。

どちらにせよ、これだけ真摯(しんし)なフェラチオをする女性には、絶対にイッてもらいたい。至福をきわめてもらいたい。

眞弓がまた頰張って、今度は顔を傾けた。すると、片側の頰がぷっくりとふくらんだ。ハミガキフェラである。

眞弓の髪が揺れ、頰のふくらみも移動する。

ととのった顔の知的美人が、顔が醜(みにく)くなることを承知で、ハミガキフェラをする。

眞弓は咥えたまま顔を反対に傾けて、顔を打ち振った。すると、大きな飴玉に似たふくらみも移動して、亀頭部が内側の粘膜を擦っていくのがわかる。

眞弓はちゅるっと吐き出して、ぐっと姿勢を低くした。何をするのかと思って見ていると、なんと、皺袋(しわぶくろ)を舐めはじめたのだ。

（こんなことまで……！）

さっき自分は俳優の東島秀利に似ているとウソをついた。眞弓はそれを信じて、きっと東島秀利のおチンチンをしゃぶっているつもりだろう。これで、もしアイマスクが外れて、泰三が不細工なオジサンだとわかったら――。

（怖い。怖すぎる……）

アイマスクは外れないようにしっかりとした作りのものを選んであるから、まず自然に外れることはない。

自分ではオイナリさんに似ていると感じる睾丸を、眞弓はじっくりと舐めて、また裏筋を舐めあげてきた。

今度は半分ほど唇をかぶせて、

「んっ、んっ、んっ……」

眞弓はくぐもった声とともに、亀頭冠を中心に唇を往復させ、同時に根元を握りしごいてくる。

根元を擦られる鈍重な悦びと、カリをつづけざまに唇で摩擦されるシャープな快感が融合して、目が眩むような歓喜がふくらんできた。

3

目隠しフェラをされて、射精しかかった泰三は、寸前で腰を引き、口腔からイチモツを抜き取った。

今、射精してしまえば、復活できるかどうかわからない。そうなったら、眞弓を絶頂に導くことは不可能だ。

アイマスクをして、黒いスリップをつけた眞弓は、はぁはぁと肩で息をしつつも、逃げていった男のシンボルを、手を彷徨わせてさがしている。

その仕種が、泰三をかきたてる。

このまま挿入したい。だが、それではおそらく眞弓はイカない。今回は、眞弓をオルガスムスに導くことが、実践的性コンサルタントである自分のタスクなのだ。ここではまだ自重しなければいけない。

眞弓は完全に視覚を奪われているのだから、それを活かした形で愛撫をしていきたい。

泰三は眞弓をベッドに座らせた。不安そうな様子の眞弓を、気配を消して後ろからそっと抱きしめる。

「ひっ……！」

と、眞弓は息を呑(の)み、首をすくめた。

泰三は無言のまま、左右の肩紐(かたひも)をつかんでゆっくりと外す。

おろそうとすると、いやだとでもいうように、眞弓はスリップが剝(は)がれるのをふせいで、胸を覆った。

「大丈夫ですよ。部屋は薄暗くて、よく見えない。だから、安心してください」

そう耳元で囁(ささや)いて、肩紐をおろし、そのままスリップをおろしていく。

ぺろんと黒いシルクが剝がれて、薄暗い照明のなかでもそれとわかる、真っ白いナマ乳がこぼれでた。

スリップ越しでも大きいことはわかっていたが、実際に目にする乳房は想像よりはるかにたわわで、形もいい。おそらくEカップはあるだろう。

知性派美人で、この恵まれた胸を神様からいただいたのだから、無敵に見える。しかし、現実はバツイチとなって、自分がセックスでイケないことに心底コンプレックスを抱き、懊悩(おうのう)していたのだろう。

セックスのコンサルタントをしてわかったのだが、自分が膣でイケないことで悩んでいる女性は想像以上に多い。

膣イキできない女性は、たいてい演技をしてイッたふりをする。

ほんとうに気を遣っているかどうかを、男は知る由もない。ほとんどがそのイッた演技に騙されてしまう。

だから、男のセックスの技量もそこで止まってしまい、向上しない。

そして、イケない女性もそれがコンプレックスになり、なおかつ相手の男に物足りなさを感じてしまい、やがて、それが性の不一致へとつながるのだ。

だからこそ、女性を一度でも膣イキさせることができたら、それをきっかけに女性のセックスが変わり、同時に、世の中の男性をも幸せにさせることにつながるのだ。

したがって、泰三は自分のしていることに、大いにやり甲斐を感じている。

泰三はすぐに乳房には向かわずに、肩から背中を触れるかどうかのフェザータッチで撫でさする。スーッ、スーッと柔らかくなぞると、

「はぁああ……あっ、あっ……」

眞弓はびくん、びくんと震えて、顔をのけぞらせる。

目隠し状態でフェザータッチされると、いっそう肌がざわついて、ぞくぞくしてしまうのだ。

「どうなされました？」

「ああ、ゴメンなさい。自然とこうなってしまうんです……」

「いいんですよ、それで……私の前ではすべてを解放してください。恥ずかしがらなくていいんです」

泰三は指先を柔らかく使って、背中をなぞる。それから、ふと思いついて立ちあがり、股間からいまだいきりたっているものの先で、背中を擦ってみた。

茜色(あかねいろ)にてかる亀頭部が肩から背筋へとおりていき、背中の途中から這(は)いあがってくる。膝(ひざ)を曲げて、勃起を擦りつけながら、訊いてみる。

「これは、どうですか？」

「はい、温かくて気持ちいいです。これは何ですか？」

眞弓が答える。目隠しされているから、それが男根であることがわからないのだ。

「何だと思います？」

「わかりません。手ではないような気がします……えっ、ひょっとして？」

「今、頭に思い浮かべたものを言ってください」

「……お、おチンチンですか？」

「正解です……でも、案外と気持ちいいでしょ？」

「……ええ。硬くて温かくて……」

泰三は猛りたつものの先を背中に擦りつけながら、しゃがんで腕を前にまわして、乳房をじかにとらえた。

たわわなふくらみを揉みしだくと、

「ぁああ、はうぅぅ」

眞弓が身体をよじった。

「感じますか？」

「はい、すごく……目隠しされて後ろからいじられると、ぞくぞくします。背中のおチンチンも気持ちいい……ぁあうぅぅ」

眞弓が顔をのけぞらせるのを見て、泰三は意識的に乳輪を攻める。

粒々のあるピンクの乳暈を円を描くようになぞり、下腹部の勃起で眞弓の背中を突いて、擦る。

それをつづけていると、眞弓の腰が揺れはじめた。

「ぁああ、焦れったいわ。お願い、じかに触って……」

「何をですか？」

「これよ、これ」

「これではわかりません」

「……ち、乳首を……」

「誰の？」

「わたしの……」

「わたしって、誰のことですか？」

「ぁああ、意地悪……永峰眞弓よ。三十八歳の永峰眞弓。お願い……」

「しょうがないな」

　そこで、泰三はようやく乳首に触れる。

　親指と中指で挟んで、くにくにと左右にねじる。たちまち硬くしこってきた突起のトップをこんどは人差し指で叩く。叩いてから、擦る。その間も、しこりきった乳首を捏ねる。

　両手の手指で左右の乳首に同じことをする。乳首は感受性が独立しているから、同時に攻めたほうが気持ちいいのだ。

乳首を捏ねながら、時々全体を荒々しく揉みしだいてやる。髪からのぞく福耳にフーッと息を吹きかけてみる。

「ぁあああ……ぁあああああ、ぞくぞくして気持ちいい……」

眞弓が右手を後ろにまわし、腰に触れている勃起をさがして、おずおずと握ってくる。

泰三が乳首をいじる間、眞弓は後ろ手につかんだ肉茎を握りしごき、

「ぁああ、これが欲しい。これが欲しい」

勃起をぎゅっと握る。

泰三は立ちあがって、正面にまわり、腰を落として、いきりたつものを眞弓の口許に擦りつける。てらつく亀頭部で唇をなぞると、

「ぁああ、オスの匂いがするわ」

眞弓が口をひろげて、肉柱を頬張ってきた。

もう逃がさないとばかりに、泰三の腰に手をまわして引き寄せ、ずりゅっ、ずりゅっと根元まで唇をすべらせる。

「おっ、くっ！」

泰三はうねりあがる快感をこらえた。それから、引き抜いて、唾液まみれの亀

頭部で乳房の頂上を擦った。円周を徐々に狭めて、てらつく頭部で乳首をじかに捏ねる。

「何をされているか、わかりますか？」

「はい……おチンチンで、乳首を……」

「そうです。感じるでしょ、私のおチンチンを」

「ええ、感じる。硬くて柔らかい……ぁああ、うずうずしてくる」

眞弓が自分から乳首を押しつけてきた。

それに応えて、泰三はてかつく亀頭部を眞弓の乳首に擦りつけた。

もしアイマスクがなかったら、眞弓はこれを見て、恥辱的な行為と受け止め、許さないだろう。今は、視覚を奪われていることで、純粋にその感触だけを味わえているのだ。

泰三が亀頭部を乳首に押しつけていると、眞弓が突如それをつかみ、もう我慢できないとでもいうように、頬張ってきた。

黒いアイマスクに乳房をあらわにした格好で、泰三のイチモツに唇をかぶせて、大きく顔を打ち振る。

それから、眞弓は吐き出して、唾液まみれの肉柱を乳房の谷間に挟んだ。

両側から乳房を押して、谷間の屹立を包み込むようにして、上下に揺すりはじめる。

まさか、パイズリまでしてくれるとは思ってもいなかった。

相談では、積極的に男の人を愛撫できないと悩んでいたのだが……やはり、アイマスクをつけて非日常に連れ込まれたことで、もうひとりの眞弓が目を覚ましたのだろう。

眞弓は左右のたわわな乳房を両側から押さえつけ、同時に上下に揺らし、

「ぁああ、ぁああ、気持ちいい……」

うっとりとして言う。

見えないのが残念だが、きっと今、眞弓の瞳は潤みきっているだろう。

ここまでくると、泰三としても本格的に眞弓を愛撫したくなった。

眞弓をそっと仰向けに寝かせて、腰の下に枕を入れる。こうしたほうが、膣口の位置があがってクンニしやすい。

膝をすくいあげると、漆黒の翳りの底に、女の花が見事に咲き誇っていた。

縦に長い蘭に似た花弁だが、ピンクから鮭紅色へのグラデーションが艶めかしく、縁の蘇芳色が熟女のいやらしさを伝えてくる。

すぐに本丸にはいかずに、ここも焦らす。仄白く、むっちりとした太腿の内側を、フェザータッチでなぞると、

「あああん……！」

眞弓は両足をカエルのように開いて、ぐいっと下腹部をせりあげてきた。

さらに、鼠蹊部を指でくすぐるようになぞりあげると、

「ああああ……」

さしせった喘ぎ声をこぼして、せがむように腰を上下に打ち振る。

ふっくらとした肉びらがひろがって、内部の鮭紅色がのぞく。そこはすでに洪水状態だった。

泰三は潤みを指ですくって、上方の突起になすりつける。こりっとした肉芽を感じながら、もう一方の手で包皮を引きあげ、剝きだしになった肉真珠に淫蜜をなすりつけると、

「あああ、それ……くっ、くっ、ああ、いいのぉ」

眞弓は鋭敏に反応して、ブリッジをするように腰を持ちあげる。

4

やはり、眞弓はクリトリスがいちばん感じるようだ。目隠しされてのクンニはまた一味違うことだろう。

皮を剝いた状態で、ぬめ光る肉芽を丹念に舐める。上下にゆったりとなぞりあげ、左右に細かく弾く。

どう攻めたら感じるかは女性次第だから、反応をうかがってこれという正解を見つけださなければいけない。

眞弓の場合は、陰唇をひろげ、クリトリスの周辺も伸ばして、緊張させた状態での愛撫が感じるようだった。

たぶん膣でイケないぶん、自分でクリトリスをいじりまくっていたのだろう。肥大化した陰核は、強い刺激のほうが感じるようだ。

泰三は三本の指を横にして、細かく上下に動かした。三本指の凹凸が陰核を連続して刺激すると、

「ぁあ、いいのぉ！」

眞弓は足をピーンと伸ばした。爪先がぐっと反り返り、彼女がいかに感じてい

るかがわかる。

さんざんいじっておいてから、肉芽に吸いついた。チューッと深く吸うと、

「はぁあああ……」

眞弓は下腹部をぐっとせりあげて、擦りつけてくる。

今度は断続的に、チュッ、チュッ、チュッと吸いあげる。

「あっ、あっ、あぁあああ……ねえ、ねえ……」

「どうしました？」

「欲しい。もう我慢できない……ください。あれをちょうだい」

眞弓がせがんでくる。

そろそろ挿入のし頃と判断して、泰三は膝をすくいあげた。

腰枕をしているので、膣口の位置が通常よりあがっていて挿入はしやすい。屹立がスムーズに奥へと入る。

切っ先を押し当てて、慎重に沈めていく。泰三の分身は、大きさは並だが、カリだけは張っている。

亀頭部が狭い入口を突破していく確かな感触があって、

「はうぅぅ……！」

眞弓が顎をせりあげた。

「くうぅ……！」

と、泰三も奥歯を食いしばる。

とても窮屈で、なかはとろとろだ。

蕩けた粘膜がざわざわっと波打つように屹立にまとわりついてきて、そればかりか、きゅっ、きゅっと内側へ吸い込もうとする。その手繰りよせるようなうごめきがたまらなかった。

奥まで嵌め込んだ状態で泰三は眞弓を観察する。

ミドルレングスのさらさらの髪が散って、その中心で普段はきりっとした知性派美人の顔が、今は悩ましくゆがんでいる。

たわわな乳房があらわになり、黒いスリップが腰にまとわりついている。

膝裏をつかんだまま、ゆっくりと抜き差しを繰り返すと、

「あんっ、あんっ……」

切っ先が奥に届くたびに眞弓はいい声で鳴き、右手の甲を口許に押しつける。

「いいですよ、もっと感じて……いいんですよ。自分のリミッターを振り切ってください」

言うと、眞弓が「はい」とうなずいた。

眞弓の膝裏をつかんで足を押し広げ、上から打ちおろしながら、泰三は膣のどのあたりが快感スポットなのかをさぐる。

浅いところをつづけざまに素早く抜き差ししても、たいして強い反応はない。

だが、少し深く入れて、抜くときに力を込めると、カリが膣の粘膜を引っ搔く（か）のがわかる。それをつづけていると、

「ぁあああ、そこ……そこ……」

眞弓が後ろ手にシーツを鷲（わし）づかみにした。

「こうすると、気持ちいいんですね？」

「はい……」

ならばと、泰三は抜き差しを繰り返す。押し込むときはゆっくり、引き抜くときには素早くする。

「ぁあああ、それ……気持ちいい。なかから、めくられていくのよ……ぁあああ」

眞弓はハの字に開かれた足の親指をぎゅっと反らしたり、内に折り曲げたりして、快感を表す。

アイマスクをしているので、眞弓は暗闇のなかにいる。それゆえに、触感が敏感になって、膣の感覚も目覚めるのではないだろうか――。

眞弓が感じている部分は、今もＧスポットだろう。

泰三のイチモツはカリが発達しているので、引くときにその雁首がＧスポットを圧迫しつつ、引っ掻く形になっているのだ。

（よし、このまま……！）

つづけざまに引っ掻いた。スコスコスコッと短いストロークで擦りあげると、

「ぁあああ、それ……くぅぅぅ」

（このまま、イッてくれれば！）

眞弓は両手でシーツをつかんで、顎をせりあげる。

だが、そう甘くはなかった。眞弓は一定以上は高まっていかないのだった。

（ダメか……）

やはり、まだまだ愛撫が足りないのだろう。

泰三は膝を放して、覆いかぶさっていく。

女性が心を開かないと、絶頂へとは導けない。

心を許し、身をゆだねてこそ、我を忘れることができるのだ。ローターなどを

使えば別だろうが、女性は不安が少しでもあれば、昇りつめるのは困難だ。

「眞弓さん、きれいですよ。乳房もオマ×コも素晴らしい。あなた以上の女性はいない。キスをしてもいいですか？」

褒めながら打診すると、眞弓は小さくうなずいた。

泰三は唇にキスをする。

チュッ、チュッとついばみ、唇を合わせる。すると、眞弓のほうから舌を差し込んできた。

最初はおずおずとしている様子だったが、徐々に激しいキスに変わり、ついには、両手で泰三を抱きしめ、ねろりねろりと舌で口腔を掻き混ぜてくる。

（よしよし、いいぞ。キスとともに心が開いていく）

泰三も舌を受け止めながら、ゆったりと腰をつかう。

勃起しきった肉棹でぐいぐいと粘膜を擦りあげていくと、眞弓は足をM字に開いて分身を深いところに導き、ますます強く抱きついてくる。

泰三はキスをしながら腰を振って、いきりたっているものを粘膜に擦りつけていく。

「んんん……んんんっ！」

眞弓はくぐもった声を洩らして、ひしと肩にしがみついてきた。

泰三はキスをやめて、打ち込みに集中する。

目を見れば、どう感じているかを察知できるというが、アイマスクをしているから表情は読めない。

いっそのこと目隠しを外してしまおうかとも思う。だが、そうしたら、泰三が俳優の東島秀利とは似ても似つかぬ四十九歳のブサメンであることがわかってしまう。そうなったら、このタスクは失敗する恐れがある。

やはり、自分を東島に似たイケメンであると思わせておいたほうが、女性はずっとイキやすいだろう。悲しいかな、それが現実だ。

目が見えなくても、眞弓の顎の突きあげ方や喘ぎ声、鼻孔のふくらみ、色白の顔の染まり方でも、充分に昂奮できる。

腕立て伏せの形でゆったりと打ち込んでいくと、眞弓はその腕にしがみついて、

「あんっ……あんっ……」

よく響く声をあげて、顎をせりあげる。

泰三は思いついて、眞弓の片腕をつかみ、引きあげて押さえつける。無防備に

なった腋の下を見たとき、強い欲望がせりあがってきた。

　いきなり、腋の下に顔を埋めて、チュッとキスをすると、

「あんっ……！」

　眞弓がびくっと震える。

　つづけて腋窩を舐めた。きれいに剃毛された腋窩は、甘酸っぱい香りをこもらせていた。その窪みを舌全体でなぞりあげると、

「ぁあああ……恥ずかしいわ。そこはいや……」

　眞弓が腋を締めようとする。

「今、我々は恋人です。好きな男なら、どんなことをされても感じるはずです」

　そう言いくるめて、さらに腋窩をツーッ、ツーッとつづけて舐めると、

「あっ……あっ……ぁあああ、へんだわ。ぞくぞくする……ぁああ、そこ！」

　眞弓がぐーんと顔を撥ねあげた。

　泰三はそのまま、腕を舐めあげていき、指にたどりつく。

　関節のふくらみの少ない、すっきりとした長い指を、手のひら側から舌でなぞりあげていき、二本の指をまとめてしゃぶった。

　フェラチオするように唇を往復させ、さらに指と指の間に舌を差し込んで、ち

ろちろっと躍らせる。

「……あっ……あっ……ああ、へんよ。へんな感じ……ぞわぞわする。ぁああ、欲しくなる。ちょうだい。動かして、おチンチンを動かして……」

眞弓が訴えてくる。

泰三はしなやかな指を頬張りながら、抜き差しをする。指をべろべろ舐めながら、ねちゃ、ねちゃと男根を膣に押し込んでいく。

「ぁあああ、いい！」

眞弓が、もっと欲しいとでもいうように、自分から結合部をせりあげてきた。

よし今だ、とばかりに泰三は上体を立て、両膝の裏をつかんだ。足を開かせながら、上から押さえつけると、

「ぁあああ……！」

眞弓が後ろ手にシーツを鷲づかみにした。

「丸見えですよ。おチンチンがあなたのオマ×コに突き刺さっている」

言葉でなぶると、

「ぁああ、言わないで……恥ずかしい」

眞弓が顔をそむけて、膝を閉じようとする。その膝をさらに開き、上から体重

を乗せて男根を押し込むと、

「ぁあああ……！」

眞弓が顎を突きあげて、シーツをつかんだ。

やはり、この形が感じるのだ。多少きつい体位のほうが性感が燃えたつタイプなのかもしれない。

現に今、膣がぎゅっ、ぎゅっと肉棹を締めつけてきた。

ならばと、泰三は片方の足を放して、右手を前に伸ばし、乳房をつかんだ。

荒々しく揉み込みながら、男根をストロークする。

左足の膝裏をつかんで持ちあげているので、自然に右足も持ちあがっている。

乳肌がじっとりと汗ばんでいた。汗をかくのは感じている証拠だ。

（よし、これでいい！）

右手でたわわな乳房を揉みしだき、乳首を捏ねる。そうしながら、腰を打ち据えていく。

「あん、あんっ、あんっ」

眞弓が心から感じているという声を放つ。

打ち込むたびに、もう片方の乳房がぶるん、ぶるるんと縦に波打ち、乳首も縦に動く。

そして、眞弓は両手を万歳の形にして、顔を左右に振っている。乱れ髪が散って、

「ぁああ、ぁあああぅぅ……いい、いいの……」

さしせまった様子で訴えてくる。

こういう状態まできたら、女性はだいたい目を瞑るから、目隠しはもう関係ない。

だが、女性のなかには、セックスしているときの自分の顔が不細工ではないかと気になって、イケないという者もいる。そういう意味では、このアイマスクは自分の顔もある程度隠してくれるから、気兼ねなく没入できる。

セックスでは、マスクをつけているほうが顔が隠れて、イキやすいのだ。

泰三は、がしっと膝裏をつかんで抜き差しをする。

さっきのように、打ち込みより引きあげるときに重きを置いて、カリで粘膜を引っ掻く。

と、発達したカリがGスポットを圧迫しながら、擦りあげていき、眞弓が高まっていくのがわかる。

だが、ここもさきほどと同じで、一定以上は性感が上昇しない。

（どうしてだ。やっぱり、奥のほうがイキやすいってことか？）

泰三は両手で膝裏をつかみ、ぐっと体重を前にかけ、ぐさっ、ぐさっと深いところを突いてみる。

「ぁあああ、苦しい！」

「では、やめますか？」

「ううん、もっと……もっとちょうだい。わたしをメチャクチャにして！」

眞弓がアイマスクの顔を向けて言う。

『メチャクチャにして』という眞弓の言葉で、ピンときた。

眞弓はM的な資質を持っているのではないか――。

そもそも女性が男に身をゆだねるという行為自体がM的なもの。したがって、女性の多くは基本的にMなのだ。

眞弓は身をゆだねたかったが、今まで、信頼の置ける男性が現れなかったのだろう。あるいは、過去にそういう男に裏切られたというトラウマがあるのかもしれない。

5

泰三は、眞弓の両足を伸ばさせてV字に開いた。すらりとした足が大きくひろがって、結合部分が目に飛び込んでくる。

「そうら、眞弓さん。恥ずかしい格好ですよ。あなたのオマ×コに私のおチンチンが根元まで埋まっている。あなたのかわいらしいオマ×コが私のおぞましいチンコで犯されている。眞弓さんには見えないでしょうが、私にははっきりと見えます。そうら、ズブズブ入っていく。オマ×コが伸びきって、悲鳴をあげている。可哀相に……」

そう言葉でなぶりながら、眞弓の足をV字開脚させたまま、腰を打ち据えていく。

どろっとした本気汁がすくいだされ、ぐちゅ、ぐちゅと淫靡(いんび)な音がして、

「あんっ、あんっ、あんっ……ぁあああ、許して……許してください」

眞弓が泣き声で訴えてくる。

「許しませんよ」

泰三は片足を放し、右手を前に伸ばして、乳房をつかんだ。

じっとりと汗ばんでいる乳房を荒々しく揉みしだくと、ふくらみが変形して、

「ぁあああ、ぁあああ……へんになる。へんになってる……あああ、もっと、もっと……」

眞弓がさしせまった声で訴えてきた。

泰三は乳首をつまんで、くりっ、くりっと強めに捏ねる。カチカチの突起がひしゃげて、

「くっ……くっ……」

眞弓が歯を食いしばっているのがわかる。

目隠しされた暗闇のなかで、膣口に男のシンボルを咥え込まされ、乳房を荒々しく扱われるのは、どんな気持ちだろうか——。

それを思うと、泰三は興奮が高まる。

女性側の心理に寄り添ってこそ、男も昂(たかぶ)るのだ。セックスは想像力であり、それがないとたんなる物理的なものに堕(だ)してしまう。

乳首を強めに捏ねながら、ズンズンと強烈に打ち込んでいく。

陰毛同士が重なり合うほどに奥まで打ち据えて、子宮口を切っ先でぐりぐりと押す。押しながら、まわす。これがポルチオには効果的なはずだ。

「ぁああ、あああ……」

眞弓は陶酔した声を洩らし、顎をせりあげている。

黒いアイマスクが、眞弓を囚われの身であることを認識させ、ひどくエロチックに感じてしまう。

もっと感じてもらおうと、泰三は乳房をつかんでいた手をおろしていき、下腹部の翳りに手を押し当てる。

すらりとした片足をまっすぐに伸ばした状態にして持ち、右手をその付け根に伸ばした。

陰毛の少し上の腹部をじっと上から押さえつける。

このあたりには子宮があり、それをかるく揺らすことで、快感が生じるはず。子宮にも、ポルチオのように感じる箇所はあるのだ。

泰三は大きな手のひらで静かに子宮を上から押さえつけた。

じっくりと押しながら、かるくピストンして膣を突く。すると、そのハンドパワーが子宮にも伝わったのか、

「あんっ、あんっ……ぁああ、それ……温かい。子宮が温かい……」

眞弓がうっとりとして言う。

人の手は温かく感じるものだ。温かいカイロみたいなもので、触れている肌の血のめぐりが活発になって、気持ちも良くなる。泰三の手も同じだ。

下腹部に温かい手を当てながら、ピストンすると、肉棹が膣深くに入り込み、抜き差しする感触が手のひらに感じられる。

それから、手のひらで子宮全体をぐっと押して、力をゆるめる。それを繰り返しながら、ゆっくりとイチモツをストロークする。

抜き差しをして、奥のほうをぐりっと捏ねる。また引いて、静かに押し込んでいき、届いたら奥を捏ねる。

それをつづけているうちに、眞弓の息づかいが変わってきた。

「あっ」と喘いで、はぁはぁはぁと荒い呼吸をする。そして、また「あっ」と声を洩らし、息を止めたまま顔をのけぞらせる。

膣のなかがざわざわして、波打ち、分身を締めつけてくる。その奥へ奥へと引きずり込まれるような窄まり方がたまらなかった。

眞弓の持ちあげている足の親指が、快感そのままにぐっと内側に折り曲げられ、すぐにまた、外側に反る。

そして、眞弓は左手で泰三の右膝をつかんで、もっと深いところにちょうだいと言わんばかりに、引き寄せている。

泰三がゆったりとしたストロークをつづけていると、眞弓が言った。

「イケるような気がします。もっと深く、激しくして欲しいの」

「いいですよ。ちょっときついかもしれませんが、大丈夫、私を信頼していただいて。私は絶対に無茶なことはしません。安心してください」

「はい……」

泰三はすらりとした足を肩にかけた。そのまま、外れないようにして、ぐっと前傾する。

両手をシーツに突くと、眞弓の身体が腰から鋭角に曲がって、ほぼ真下に顔が見えた。

アイマスクをつけて、うっと歯を食いしばっている。この体勢だと、挿入が深くなるのだ。

(今の眞弓さんの表情を見てみたい)

ふいに、アイマスクを毟(むし)り取りたくなる。

すぐに、ダメだ、自分は東島秀利ほどのイケメンではないのだから……と思い直した。

泰三は、眞弓の両足を肩にかけて前屈した体位で、仕留めにかかる。

これで果たして、イクかどうかはわからない。だが、眞弓は自分がメチャクチャになるほどの強烈な一撃を待ち望んでいる。それには、この体位がもっとも適している。

ぐっと前に体重を乗せると、肩にかかった足とともに、眞弓の腰も持ちあがって、膣が上を向き、勃起したペニスと角度が合う。

だから、ごく自然に切っ先が奥へと届く。障害物がなくて、スムーズにポルチオに当たる。

ゆっくりと腰を引きあげ、トップから打ちおろした。

まっすぐに打ちおろしながら、途中で膣の角度に沿ってしゃくりあげる。

すると、亀頭部がスムーズに奥へとすべり込んでいって、

「はうううぅ……！」

眞弓が顎を反らせて、シーツを鷲づかみにした。

この体位だと、女性を支配している、屈伏させているという征服感が増して、男の気持ちが高まる。

おそらく女性も、力ずくで組み伏されているので、逆らえないことから、マゾ

的な悦びがあるかもしれない。

しかも、挿入は深い。眞弓は好きなポルチオを突かれ、子宮を揺さぶられて、女性の悦びがひろがってくるはずだ。

泰三は気合いもろとも怒張を叩き込んだ。

「あんっ……あんっ……あんっ……ぁあああ、苦しい！」

眞弓が訴えてくる。

「やめましょうか？」

「ううん、やめないで……このまま、このまま……あんっ、あんっ、あんっ」

体重を切っ先に集めて、上から叩き込み、途中でしゃくりあげる。

亀頭部が膣の天井にあるＧスポットを擦りながら、奥のポルチオをも押す形である。

ぐんっと打ち込むたびに、「あんっ」と喘いで、眞弓の身体が上へ上へとずりあがっていく。

頭部がヘッドボードに当たりかけているのを見て、泰三は眞弓の太腿をつかんで、自分のほうに引き寄せる。そうやって、頭がヘッドボードに当たらないようにして、強く打ち据えた。

それをつづけていると、眞弓の様子が変わった。

「あんっ、あんっ……ぁあああ、へんよ、へん……イクかもしれない。わたし、イクかもしれない」

アイマスクをしたまま、訴えてくる。

「いいんですよ。イッて……俺がついています。俺が眞弓さんをがっちりガードしています。怖がらないで、すべてをゆだねていいんですよ」

やさしく声をかけて、徐々にストロークのピッチをあげていく。

「あん、あんっ、あんっ」

眞弓は両手を開いて、そうしないといられないといった風情で、シーツが皺になるほど強く握りしめた。

首を左右に振り、打ち据えられるたびに、たわわな乳房をぶるん、ぶるるんと波打たせて、昇りつめようとしている。

「あん、あんっ、あんっ……ぁああ、いいのね。おかしくなっていいのね」

昇りつめる寸前の眞弓が顔を持ちあげて言う。

まったく見えないはずだが、少しでも泰三に近づきたいのだろう。

「いいんですよ。おかしくなっていいんです」

泰三はフィニッシュに向けてスパートした。

眞弓はピルを飲んでいると言っていたから、なかに放っても大丈夫なはず。女性だって初イキのときには、体内に男の印（しるし）を浴びたほうが幸せだろう。

両手を突いて激しく腰を叩きつけると、眞弓のすらりとした足が体重を受けてしなり、腰が浮きあがる。そこに、いきりたつ男のシンボルが深々と突き刺さっていく。

「ぁああ、ぁああああ、もう、もう……怖い」

眞弓が泰三の腕をぎゅっと握りしめる。

「大丈夫。俺が守っています。すべてを解き放っていいんです」

泰三は言い聞かせ、スパートした。それを聞いた眞弓も、

「はっ、はっ、はっ！」

と、激しい息づかいで、もう何がなんだかわからないといった様子で、シーツを鷲づかみにして、顔を激しく左右に振っている。

髪がばさばさと乱れ散り、白い乳房も荒波のように激しく揺れる。

きめ細かい肌が朱（しゅ）に染まり、汗ばんでつやつやと光っている。

これは女性がイクときの前兆だ。

(よし、イケ。イッてくれ。そうしないと俺がもたない！)

泰三がたてつづけに打ち込んだとき、

「あんっ、あんっ、あんっ……ぁあああ、来るわ、来る……」

眞弓が訴えてきた。

「そうら、いいんですよ。イキなさい」

暗示をかけるように言って、さらに叩きつけると、

「あっ、ぁああ、来ます……やぁああああぁぁぁ！」

眞弓は嬌声を噴きあげて、顎を突きあげた。

汗で光る仄白い喉元をさらして、のけぞり返っている。

泰三が駄目押しとばかりに打ち込んだとき、

「あっ、また……！」

眞弓がのけぞったまま、がくん、がくんと震え、同時に膣が屹立を締めつけてきて、泰三はこらえる間もなく放っていた。

女体に体液を注ぎ込むのはいつだって気持ちいい。オスという生物はこの瞬間のために生きているのだ。

放っている間も、眞弓は泰三の腕を握りしめて、がくん、がくんと痙攣をつづ

けている。

眞弓は今、初めての膣イキを経験している。

実践的性コンサルタントとして、クライアントの悩みを解決したときに勝る悦びはない。

放ち終えて、泰三はがっくりと女体に覆いかぶさっていった。

第二章　とっておきの若妻愛戯

1

ホテルのバスルームから出てきた村井美里の瑞々しい裸身を見て、吉増泰三は胸を撃ち抜かれた。

二十六歳の美里は、セミロングの髪を垂らして、恥ずかしそうに手で乳房と股間を隠している。裸である。なのに、白いマスクをつけていた。

全裸なのに、マスクだけをつけているという姿を、ひどくエロチックに感じてしまう。

「わたし、どうしたらいいんですか?」

美里が訊いてくる。

不織布のプリーツ型マスクをつけているから、顔の下半分は隠れている。その分、目が強調される。

美里はとても妖しい目をしていた。いわゆる猫科の目で、目頭から目尻へとつづくラインが艶めかしかった。

美里がマスクをつけているのは、クライアントから、妻の顔はさらしたくないという要望があったからだ。

今日の仕事は、二歳年上の夫・村井啓介からの依頼だった。

『美里はマグロで反応が鈍いうえに、フェラチオなども下手くそで、セックスしていてもつまらない。感じやすい身体にして、フェラチオや騎乗位の仕方なども教えてやってほしい』

そう注文をつけられたのである。

いやいや、普通は女性を性的に育てていく、つまり未開の地を切り開いていくのが男の悦びでしょう――。

泰三は口から出かけたその言葉を、ぐっと呑み込んだ。

吉増泰三は飲料メーカーで経理部の課長をしながら、副業で実践的性コンサルタントをしている。副業といってもプロには違いないのだから、どんな依頼でも、仕事と割り切ってクリアしなければいけない。

それに二十六歳の若妻の性感を開発していくことは、やり甲斐のあるタスクに思えた。

「では、ベッドに仰向けに寝てください。その姿勢だと、副交感神経が働いて、リラックスできるんですよ」

「知りませんでした。でも、わたし、いつもこの仰向けの格好なんですが……」

「セックスのときに、いつもですか？」

「はい……」

泰三は、だからマグロと言われるんだろうなと思いつつ、着ていたバスローブを脱ぐ。こぼれでた分身はすでに頭を擡げていて、それを見た美里の目にわずかに情欲の色が宿った。

セックスが嫌いというわけではなさそうだ。

この前の永峰眞弓にはアイマスクをさせたから、自分の姿は見えなかった。

しかし、今夜は泰三の不細工な顔はばっちりと見えている。感じさせるにはいい条件ではないが、仕方がない。感じはじめたら目を瞑る女性が多いから、どうにかなるだろう。

（しかし、ほんとうにエロい目をしているな）

白いマスクをつけた美里の顔にはぞくぞくしてしまう。

顔の下半分を隠すことで、神秘性のようなものが増すのだ。ただ、マスクをしているときには神秘的な美人なのに、外すとがっかりというケースもある。

(美里はどうなのだろう?)

美里と逢うのは今回が初めてで、もちろんその素顔は見たことがない。

妖しい目に魅了されながらも、泰三は首すじから胸へとキスをおろしていく。

「あっ……あっ……」

唇を肌にくっつけて離すだけで、美里は喘(あえ)ぐ。

マスクで喘ぎ声がくぐもって聞こえて、それが妙にエロチックだ。

今のところは敏感である。だが、これは条件反射みたいなもので、問題はここから高まっていくかどうかだ。

右手をスーッとおろしていって、脇腹を触れるかどうかのフェザータッチでなぞると、

「んっ……!」

びくっとして、美里が裸身をよじる。

(よしよし、感じるじゃないか!)

泰三は両手を鉤形(かぎがた)に曲げて、身体の側面を上から下へと引っ掻(か)くようにおろし

ていき、すぐに逆になぞりあげる。それを繰り返していると、

「ぁあああ……」

美里は打てば響く反応で、裸身を反らした。

（全然マグロじゃない……むしろ、感じやすい）

内心嬉々としながらも、泰三は手を乳房へと持っていく。

美しく、挑発的な乳房だった。上の直線的な斜面を下側の充実したふくらみが持ちあげており、乳首と乳輪は濃いピンクで、青い血管が透け出している。

乳首はじかにタッチせずに、なるべく焦らしたほうがいい。

左右のふくらみを円を描くようにさすりながら、徐々に中心に向かって狭めていく。指が乳輪に触れると、

「あっ……！」

美里がびくっとして、顔をのけぞらせた。

「感じますか？」

「はい……すごく。こんなふうにされたことがないんです」

いや、普通に愛撫しているだけなんだがと思いつつ、確かめた。

「ご主人はじっくりと愛撫してくれないんですか？」

「ええ……乳首とアソコを少し舐めて、フェラさせてすぐに入れてきます」

「最初からそうだったんですか？」

「いえ、初めのうちはすごく丁寧でした。でも、結婚したら一気に……仕事で疲れているし、面倒なんだそうです」

美里が不服そうに言った。

夫の行動もわかる。泰三もまだ若くて、要領の悪いときは、仕事で神経を使い果たしてしまって、夜のほうはついついおざなりになっていた。それが、元妻が不倫をした原因でもあった。

夫のいい加減な愛撫で、美里の性感が高まらなくなっただけかもしれない。だとしたら、解決は難しくはない。

泰三は丁寧に乳首を舐める。舌でゆっくりと上下になぞり、細かく左右に弾いた。さらに指を舐めて唾液で濡らしてから、人差し指と中指を交互に動かして、突起を細かく摩擦する。

右の乳首をそうやって指で愛撫しながら、左の乳房を揉みしだいていると、美里の様子が一気に変わった。

「ぁあああ、ぁあああ、気持ちいい……ぁああ、あうぅぅぅ」

ブリッジするように腰を浮かせて、ここに欲しいとでもいうように腰を上下に振る。

せっかくの兆しを潰したくはない。

泰三は乳首を口で愛撫しながら、手をおろしていき、翳りの底に指を届かせた。

ふわっとした繊毛の流れ込むあたりに手のひらを当てて、中指で陰唇をさぐる。尺取り虫みたいになぞると、柔らかな箇所が潤んできて、指先が沼地へと沈み込んでいく。

そこから浮かし、また少し沈ませる。指の腹に粘っこいものが吸いついてきて、ねちっ、ねちっと音を立てる。

美里は「うっ」と白いマスクのかかった顎をせりあげていたが、やがて、下腹部も指の動きに合わせて、突きあげてくる。自分から指を迎えるようにして、ぐいぐいと擦りつけて、

「ぁああ、あああぁ」

マスクをした口から、くぐもった声を洩らす。

その間も、泰三は献身的に乳首を舌で転がし、吸い、同時にクリトリスの突起

をかるく叩いて刺激する。

女性を導くためには、男は一途(いちず)に、するべきことを地道かつ飽きずにしなくてはいけない。

そのご褒美(ほうび)として、女性が我を忘れて狂喜し、男はその狂態とでもいうべきエクスタシーの姿を目の当たりにすることができるのだ。

それは、泰三が性の武者修行の間に学んだことのひとつだ。

泰三は乳首を舐め転がしながら、右手の中指で包皮をかぶったままのクリトリスを押さえながら、くりくりと転がす。

女性器がいっそう濡れてきた。その潤みを指ですくい、クリトリスを下から上へとなぞりあげる。こりっとした貝柱みたいなものの、硬さと柔らかな粘膜の感触の違いをはっきりと感じる。

クリトリスとその周辺をなぞっていると、もう我慢できないとでもいうように下腹部をせりあげて、

「ぁああ、わたしもう……ぁああ、欲しい！」

美里は自分から指を迎え入れようとする。

「焦(あせ)らないで……ここはもう少し待ちましょう」

泰三は鉤形に曲げた指で左右の側面をなぞりおろしていき、そのまま足の間にしゃがんだ。

左手で右足を抱え、右手で左足を開かせて、クンニの体勢を取る。

びっしりと密生した台形の翳りの底で、ふっくらとした肉厚の陰唇がひろがって、濃いピンクの粘膜をのぞかせている。

「毛が濃いでしょ？　主人が剃ったらダメだと言うんです」

美里が言う。

「私も天然のままのジャングルは好きです」

「そうですか？　わたし、もう脱毛しちゃいたいくらいなんですよ」

「いや、それはもったいない。そそられますよ、この密生した恥毛には」

褒めて、密林にキスをする。ふさふさの陰毛にキスを浴びせて、舐める。そのまま舌をおろしていき、上方の肉芽をなぞりあげると、

「ああ……！」

美里の腰が跳ねた。

2

泰三は、せりだしてきたクリトリスの包皮を剝いて、あらわになった貝柱を上下に舐める。

舌だけ細かく上下に撥ねさせるのは難しいから、顔も一緒に縦に振る。

この姿勢は首の後ろが疲れる。しかし、この努力を怠っては女性を歓喜に導くことはできない。

時々、舌を横に振って、愛撫に変化を持たせる。舌は横に振ったほうがずっと楽だ。

本体も吸ってやる。チュッ、チュッ、チュッとリズムをつけて吸うと、

「ぁあああ、ぁあああぅ」

美里は顎を突きあげて、快感をあらわにする。

(そうだ。ご主人はフェラを教え込んでほしいと言っていたな)

依頼を思い出し、顔をあげて、確認した。

「おフェラはできますか？」

「……ああ、はい……下手ですけど」

「かまいません」

「でも、マスクを外さないとできないから、その間はわたしの顔を見ないでください ね」

「わかりました。約束します」

泰三が仰臥（ぎょうが）すると、美里が足の間にしゃがんだ。

「マスクを外しますから、絶対に見ないでください」

「見ませんから」

そう約束しつつも、泰三はすでに頭の下に枕を置いて、見やすいように角度をつけている。

薄目を開けていると、美里は不織布のプリーツ型マスクをずらして、片方の耳にかけた。

その状態でちらりと確認するように見あげてきた。薄目の泰三は、その顔を見た。

（かわいいじゃないか！）

目だけを見ていると、妖艶（ようえん）で大人びた感じがする。しかし、マスクを外すと、一気に愛らしくなる。唇が小さめで、ぷっくりとしているからだろうか。少なくとも、失望するようなことは一切ない。

美里は用心しているのか、片方の耳にマスクのゴム紐をかけたままだ。

その状態で、亀頭部にチュッ、チュッとついばむようなキスを浴びせる。

それから、唇を開いて途中まで頬張り、ゆっくりと顔を上下動させた。

片方の耳から垂れさがった白いマスクも揺れる。Oの字になった唇が勃起の表面をすべり動き、見えている部分が見る間に唾液でぬめ光ってきた。

（こういうフェラもエロいな）

泰三は薄目のまま、通常では味わえない口唇愛撫に見とれた。

そのとき、視線を感じたのか、美里がちらりと見あげてきた。

泰三はとっさに目を閉じる。

しばらくすると、また唇がすべりだしたので、おずおずと薄目を開けた。

美里が裏筋に沿って舐めあげてくるところだった。

耳にかかったマスクが揺れて、赤い舌がちろちろと妖しく躍っている。

マスクを片耳にかけた状態でのフェラチオを受けて、泰三も燃えた。やはり、日常では体験できないことだからだ。

ますますギンとした屹立の根元を握って、美里はゆったりとしごく。そうしながら、途中まで唇をかぶせて、同じリズムですべらせる。

確かにぎこちないが、元々小さめの唇がふっくらとして柔らかいせいか、こうされるだけでイチモツにますます力が漲ってくる。

ちゅるっと吐き出した美里がちらりと見あげて、言った。

「目を瞑っていてくださいね。わたし、やっぱりフェラは下手ですか？」

「いや、まったく下手じゃない。それに、素質的にも唇はふっくらとして柔らかいし、舌も長い。唾も量が多そうだし、逆にフェラの達人になる可能性だってあると思いますよ」

「えっ、そうなんですか？」

「ええ、事実です。」

美里の声が明るくなった。

「ええ、事実です。フェラをするとき何がいちばん大切だと思いますか？」

「……わかりません」

「一生懸命さですよ。多少ぎこちなくても、一途にしゃぶってくれると、男はころっといきます。それと……舌を使うことです。もちろん、バキュームも大切ですが、頬張りながら、おチンチンの先や裏側に舌をねろりねろりとからませるんです。男にとって、その刺激がたまりません。やってみませんか？」

美里はうなずいて、静かに頬張り、なかで舌を使いはじめた。ぎこちないが、よく動く舌がねろっ、ねろっと裏側を這うのがわかる。

「ああ、そうです。気持ちいいですよ。上手だ。ああ、そうです……くうっ、気持ちいい！」

快感を伝えると、美里は気を良くしたのか、

「んっ、んっ、んっ……」

と、つづけざまに激しく唇を往復させ、いったん止めて、なかで舌をからませてくる。その間も、茎胴を握りしめた指で、ぎゅっ、ぎゅっとしごいてくれる。

「ああ、最高です。美里さんはすごくおフェラの才能がある。たまらない……おうぅぅ」

泰三はオーバーに悦びを伝える。こうすると、女性も張り合いがあって、いっそう情熱的におしゃぶりしてくれる。

美里が指を離して、いきりたちに唇をかぶせてきた。一気に根元まで頬張り、ぐふっ、ぐふっと噎せる。

苦しいはずなのに、厭うことなく頬張りつづけている。

（この子は性格がいい。ご主人がじっくりと教え込んだら、最高の女性になるだ

ろう）

美里はバキュームしながら激しく上下に唇をすべらせて、全体をかわいがってくれる。

「上手ですよ。遊んでいる手で睾丸を撫でたり、男の体をさすったりすれば、男はもっと悦びます」

言うと、美里は睾丸袋を右手で揉みながら、激しく唇を往復させる。

「おおぅ、ダメだ。出そうだ。美里さん、上に乗ってください」

訴えた。美里は肉棹をちゅるっと吐き出して、耳にぶらさがっていたマスクで口を隠した。

「ご主人は美里さんが騎乗位をしたがらないと言っていましたが、実際のところ、お気持ちとしてはどうなんでしょう？」

「それは……さぼっている訳じゃないし、してあげたいんです。ただ、どうも上手く動けなくて……それに、わたしすぐに疲れてしまって……」

美里が申し訳なさそうな顔をした。ウソではないようだ。

しゃべると、不織布のプリーツ型マスクの口に当たる部分が微妙に動いて、とてもそそられる。

そもそも裸にマスクだけをつけているという、この格好がいやらしいのだ。

「それなら、大丈夫。コツを教えます」

「お願いします。乗っていいですか？」

「ぜひ……さっきからもうこいつがあなたを欲しがっている」

そそりたつ肉柱を見ると、美里が向かい合う形でまたがってきた。

おずおずと肉棹をつかんで翳りの底に導き、ゆっくりと沈み込んでくる。

入りかけて、具合が良くないのか、いったん抜き、また腰を落とす。今度は上手く入った。

カリの張った頭部がとても窮屈な女の道を押し広げていって、

「ぁあああ……！」

美里はつらそうに眉根(まゆね)を寄せ、途中で動きを止めた。

「大丈夫ですか？」

「ええ……ただ、奥まで入れるのが怖くて」

「平気ですよ。並のサイズですから、まったく平気です」

言うと、美里が腰を完全におろした。切っ先が子宮口に触れたようで、

「あっ、くっ……」

白いマスクをつけた顔がのけぞった。

「当たっていますか？」

「はい、当たってるわ」

「じゃあ、それを当てたまま前後左右に動いて、亀頭部で子宮口をぐりぐりと捏ねてください。気持ちいいと思います」

「こ、こうですか？」

両膝をぺたんとシーツについた美里が、その姿勢で腰を振りはじめた。おずおずと前後に動かして、

「ああぁ……確かに、感じます。先っぽがぐりぐりしてくる」

「膝を立てると、太腿が張って疲れるけど、これなら大丈夫でしょ？」

「はい……疲れません」

美里は腰を前後に振って、擦りつけてくる。切っ先が奥をぐりぐりすると、それがいいのか、

「ああぁ、ぞくぞくします。あっ……あっ……あっ」

美里が喘ぎ声を洩らすたびに、白いマスクのプリーツ部分がふくらんだり、凹んだりして、美里の呼吸をつぶさに感じることができる。

「そう、それでいいんです。気持ちいいでしょ?」

「はい……はい……ぁあああうぅぅ」

美里の腰づかいが少しずつ激しくなり、くいっ、くいっと貪るように前後に腰を打ち振る。そのしゃくりあげるような振り方がエロすぎた。

勃起が膣の粘膜で擦りあげられ、入口が締まってきて、ぐっと快感が高まる。

泰三は次の段階に移る。

「では、今度は後ろに手を突いて。私の太腿をつかむ感じで」

「……こうですか?」

「そうです。そのまま、足を開いて。もっと……」

「これ、丸見えでしょ?」

「それがいいんです。パカッと足を開いて、男に見せつけてやるんです」

泰三がけしかけると、美里がおずおずと足を開いた。

むっちりとした太腿の奥の黒々とした翳りの底に、勃起が嵌まり込んでいるのがはっきりと見える。

「そのまま、自分が感じるように腰を振ってください」

「こ、こう? ぁあ、いや、恥ずかしい。見ないで……いやいや」

口ではそう言いながらも、美里は下腹部をくいっ、くいっと突き出してくる。

何とも淫靡な腰振りである。

やはり、本能に基づいた所作はエロいのだ。

しかも、そのパカッと開いた足の向こうには、マスクをつけた美里の顔がある。

「ぁああ、あああ……もう、もうダメッ……」

美里が反っていた身体を垂直に立てた。

「こっちに……覆いかぶさってください」

言うと、美里が上体を重ねてくる。

「キスをしましょう」

「無理よ。マスクをしているから」

「マスク越しのキスです」

泰三は強引にマスクの上から唇を押しつける。もちろんマスクの感触しかないが、だいたいの唇の位置はわかる。

そこに唇を押しつけて、濃厚なキスをしながら、美里の背中と腰を抱き寄せる。

その姿勢で下から突きあげてやる。

ゆっくりと下からの抜き差しを繰り返すと、勃起が斜め上方に向かって膣を擦りあげていき、

「んんんっ……んんんっ」

美里の呻(うめ)きや息づかいをマスク越しに感じる。

泰三も昂奮してきて、突きあげのピッチをあげ、ズンッと深いところに届かせると、

「あんっ……！」

美里の喘ぎが迸(ほとばし)る。

マスク越しのキスをつづけながら、ズンズンと突きあげる。

「あんっ、あんっ……！」

キスしていられなくなったのか、美里が顔をあげて、くぐもった声で喘ぐ。

「気持ちいいですか？」

「はい」

「いいんですよ。イッても」

「いいの、イッていいの？」

「いいんです」

　一気にイッてもらおうと、スパートした。

「あん、あんっ、あんっ……ぁあああ、許して、もう、もう、イッちゃう！」

　そう言う美里のマスクの真ん中が膨らんだり、凹んだりする。セミロングの髪が顔に散って、色っぽさを演出している。

「そうら……！」

　がしっとホールドして、下からつづけざまに深いところに打ち込んだ。

「イク、イク……イッちゃう……」

「いいんですよ。そうら」

「あんっ、あんっ……イキます……いやぁあああ」

　美里はマスクをつけた顔を思い切り反らして、がくん、がくんと躍りあがった。

3

　昇りつめた美里が、ぐったりとベッドに横たわっていた。

「きっちりとイカれましたね。それに、全然マグロじゃない。騎乗位もそれなりにできる。なのに、もっと育ててほしいなんて、美里さんのご主人は相当欲張りな方だ」

言うと、美里がだるそうにこちらを向き、胸板に頬擦りして言った。

「わたしの主人は、自分で会社をやっているんですが、ちょっと変わっているんです……」

「変わってる？」

「はい、ネトラレってわかりますか？」

「だいたいは……」

ネトラレとは、自分の妻や恋人を違う男に抱かせ、昂奮する性嗜好を指すはずだ。

「えっ、じゃあ、ご主人はネトラレなんですか？」

「はい……今夜もそろそろここに来るはずなんです。たぶん、わたしたちのセックスを見たがると思います」

「まいりました。じゃあ、美里さんが不感症だっていうのはウソなんですね」

「そうでもありません。わたしと二人のときは主人、なかなか勃たないし、わたしもあまり感じないんです。でも、こういう状況だとすごく感じてしまって……

だから、さっきイッたのは演技じゃないんですよ」

艶めかしい目を向けて、美里は下腹部に指をおろしていき、

「さっき、出していなかったんですね」

「ええ、まあ……この歳になると遅漏気味でして」

「ちょうどいいわ。もう一度しましょ。その間に主人が来ると思いますから」

泰三は驚愕からいまだ覚めていなかった。だが、一本取られた、という爽快感もあった。

美里は顔をおろしていって、マスクを顎のほうにずらした。あらわになった唇で、半勃起状態の肉茎に、チュッ、チュッとついばむようなキスをする。

肉棹が頭を振ると、茎胴を握り込んで、ぎゅっ、ぎゅっと力強くしごく。そうしながら、亀頭冠のくびれに舌をからませる。

分身がエレクトすると、美里はシックスナインの形でまたがってきた。いきりたつものを頬張って、ジュブジュブと唾音を立てて、しごいてくる。

「おおぅ、くっ……！」

力強いストロークに充溢感が漲ってきた。

負けじと、泰三はふかふかの枕を頭の下に置き、首の角度を変えて、目の前の

恥肉に貪りついた。

さっきのセックスで粘膜は赤らみ、いまだにたっぷりの淫蜜をたたえている。

そこを舐めしゃぶり、クリトリスの舌で弾いていると、ピンポーンとドアチャイムが鳴った。

「主人だわ……駅弁ファックのスタイルでドアまで行って、開けてください」

「え、駅弁ファック？」

「主人がすごく昂奮するんです。早く！」

「わかった」

ベッドの端に座った泰三に、マスクをした美里が向かい合う形でまたがってきた。屹立がヌプリッと嵌まり込んでいき、

「はうぅ……！」

美里は肩につかまりながら、後ろに顔をのけぞらせる。それから、

「このまま立ちあがれますか？　大丈夫ですよ。わたし、しっかりとつかまっていますから」

と言って、美里が足を腰にからませてくる。

駅弁ファックの経験はある。四十九歳でもできないことはない。いや、絶対に

できる。このくらいできなければ、実践的性コンサルタントは務まらない。

「ふんっ……！」

泰三は体重を前に載せて、気合いもろとも立ちあがった。

（おおぅ、できた！）

美里が上手くしがみついているから、さほど重さは感じない。

（しかし、この格好でダンナに逢うのか。ヘンタイだな、この夫婦は）

長い間、この仕事をしてきて、３Ｐは初めてだった。

不安と興味を抱きつつ、駅弁ファックの体勢で歩いていく。

ドアを開けると、依頼主である村井啓介が立っていた。

泰三にしがみついている妻を見て、にやりとした。急いでなかに入り、ドアを後ろ手に閉め、

「その格好だと、美里から俺たち夫婦の秘め事は聞きましたね」

瞳を輝かせる。

「ええ。最初から正直に言ってくだされればよかったのに」

「それでは面白くないですよ。人生、ドッキリの要素がないとね……美里、駅弁ファックでがっつり嵌められて、気持ちいいか？」

夫に訊かれて、

「ええ、とても気持ちいいわ……おチンチンがカチカチだから、身体の奥まで届くの」

美里が泰三にしがみつきながら、夫に当てつけるように言う。

「美里はかわいい顔をしているのに、欲しがりマ×コだからな。硬ければ、誰のチンコだっていいんだろ？」

「そうよ。ああ、もっと、もっと突いて。美里をメチャクチャにして」

美里がせがんでくる。

泰三は二人の遣り取りを聞いていて、これは馴れ合いだ、プレイだと感じた。ならば、性コンサルタントの自分は当然参加して、二人のプレイを盛りあげなければいけない。

泰三は美里をベッドの端におろして、両足を伸ばしてV字にさせ、抱えながら腰をつかった。

「あんっ、あんっ、あんっ……ぁああ、いい。突き刺さってくる。おチンチンが奥を突いてくる」

そう喘いで、美里は両手でシーツを鷲づかみにする。

おそらく、夫の嫉妬心を煽っているのだろう。その嫉妬心が村井の劣情をかきたて、独占欲を刺激するのだ。

「この売女が！　コンサルタントの先生を相手にあんあん喘ぎやがって……証拠のビデオを撮ってやる」

村井がベッドにあがって、快楽にゆがむ美里の顔をスマホで撮影しはじめた。

「動画だからな。そうら、いい声で鳴け。気持ちいいんだろ？」

「ええ、気持ちいい……おかしくなる。わたし、おかしくなる……ちょうだい。もっと突いて……そうよ、そう……あん、あんっ」

そう喘いでいた美里のマスクを、啓介がいきなり毟りとった。

「ああ、いやっ……」

美里がとっさに顔を両手で隠す。

「もう、いいんだ。隠す必要はない。見てもらえ。お前のイキ顔をこの人に見てもらえ」

夫に言われて、美里が顔から手を外した。

初めてまともに見る美里の顔は、予想した以上にととのっていた。

マスク美人のなかには、外すとがっかりという者がいる。だが、美里は間違いなくきれいだった。

とくに、赤いルージュの唇が、打ち込むたびに「あっ……あんっ」と開き、口のなかの白い歯や口蓋まで見えて、それをエロチックに感じる。

「いい表情をする。エロいな、お前は。結婚していながら、夫以外の男に貫かれて、あんあん喘いでいる。しかも、夫の前でな。ほら、咥えろよ、ご主人様のチンコを」

村井がスマホをかたわらに置き、下半身裸になって、イチモツを差し出した。

それは昂奮しきって、ギンギンにいきりたっている。

美里が横を向いて、口を開いた。と、村井はそこにイチモツを突っ込んで、ストロークをし、美里は行き来するものに唇をかぶせる。

不思議な昂奮だった。

いくら依頼とはいえ、二十六歳の人妻を、夫と性コンサルタントが二人がかりで犯しているのだ。

横を向いた美里の頬が亀頭部でふくらむ。美里は苦しそうに眉根を寄せながらも、決して吐き出そうとはせずに、イチモツを一生懸命に頬張っている。

それを見ていると、泰三もサディスティックな気持ちになって、思わず腰を強く打ち据えていた。

膝を曲げさせ、上から押さえつけて、屈曲位でぐいぐいとえぐりたてる。

それから、膝裏をつかんで押し広げ、やや上を向いた膣めがけて、体重をかけたストロークを叩き込んでいく。

切っ先が奥に届くたびに、

「うっ……！　うっ……！」

と、美里はくぐもった声を洩らす。

たわわな乳房をぶるん、ぶるるんと縦揺れさせ、横を向いた口に、肉棹を叩き込まれている。

そのマゾ的な姿を目の当たりにすると、泰三もいっそう高まる。

「そうら、もっと吸えよ。バキュームしろ！」

村井に言われて、美里が思い切り吸ったのだろう、頬がぺこりと大きく凹んでいる。

その凹んだ口腔めがけて、夫の勃起が激しく抜き差しする。

これも、夫婦愛のひとつの行為なのかもしれない。一組のカップルが性愛をきわめていくと、ときにはとんでもない形へと発展していく。

他人の目には奇異な形に映るかもしれないが、セックスレスとなって、お互いが空気のような存在になるよりも、このほうが人生を愉しめるのではないだろうか――。

(俺もプライベートでこういう女が欲しい)

二人を羨ましいと思いながらも屹立を打ち込んでいくと、村井が腰を引き、勃起を抜き取って、言った。

「二人で咥えさせよう。いったん外してくれないか?」

「よろしいですよ」

泰三が結合を外すと、

「ぁあん……」

美里が勃起を追って、下腹部をせりあげた。

泰三と村井は仁王立ちになって、その前に美里がしゃがんでいる。

そして、美里は泰三のいきりたつ肉柱にチュッ、チュッとキスをしつつ、夫である村井のイチモツを握ってしごいている。

美里はぐっと姿勢を低くして、泰三の勃起の裏筋をツーッと舐めあげると、そのまま上から頬張ってきた。

さっきまでのフェラチオは何だったのかと疑いたくなるほど、大胆にして巧妙に唇をすべらせる。

そうしながら、左手で皺袋(しわぶくろ)を持ちあげてあやされると、分身がいっそう激しく反り返った。

「んっ、んっ、んっ……」

美里はくぐもった声とともに激しくストロークをする。

感心したのは、美里が泰三のものを頬張りながらも、右手で夫の肉柱を巧妙に握ってしごいていることだ。

ビデオで見たことはあるが、実際に経験するのは初めてである。しかも、それをしているのはまだ二十六歳の若妻なのだ。

美里が肉棹を吐き出して、隣の夫のイチモツに目標を移した。

カリが張っている村井の勃起を美味しそうにしゃぶり、握ってしごく。左手では泰三のイチモツを握ってしごいている。

二本のおチンチンが臍(へそ)に向かってそそりたっていて、それを若妻が両手を動員して、しごいているのだ。

「俺のをしっかりと咥えてくれよ」

村井が言うと、美里がいきりたつものを頬張った。

大きく顔を打ち振り、ジュルル、ジュルルと唾音を立てて、啜(すす)りあげる。

と、村井が妻の後頭部をつかんで引き寄せ、根元まで咥えさせた。

イラマチオである。

美里はつらそうに眉を八の字に折りながら、一生懸命に肉棹に唇をからませている。

村井が頭を放すと、美里は勃起を吐き出して、ぐふっ、ぐふっと噎せる。一気に涙目になって、それがまた男心をかきたてる。

「ほら、次はこの人のを咥えろよ。さぼるな」

命じられて、美里がまた泰三の勃起にしゃぶりついてきた。

大きく顔を打ち振り、吐き出し、ぐっと姿勢を低くして、皺袋まで舐めてくる。ねろりねろりと舌を袋の皺にからませる。

次の瞬間、片方の睾丸が消えていた。

よく見ると、美里は向かって右側のキンタマを口におさめて、あぐあぐと頬張っているのだった。同時に右手で夫の肉棹を握りしごいている。

(すごい女だ!)

泰三はあらためて村井美里という女の持つスペックの高さを思い知った。美里は村井が言っていたような、マグロで不感症の女性ではなかった。むしろ、二人の男性を相手にしても通用するテクニシャンであり、精神的にも男に尽くすことを厭わない女性だった。

（まあ、最初は猫をかぶっていたんだろうな。俺はそれにまんまと騙されたってわけだ）

美里は睾丸を吐き出し、裏筋を舐めあげ、本体を頬張ってきた。

それを見ていた村井が言った。

「もう、フェラはいい。嵌めさせろ。今度は俺が嵌めてやる」

4

ペニスの二本舐めを終えた美里を、村井はベッドに仰向けに寝かせて、膝をすくいあげた。

「どうしようもない売女だな、美里は。俺以外のチンコを美味しそうにしゃぶって……他人のチンコを咥えると、燃えるのか？」

「はい……あのカチカチを早くなかに入れて欲しくなりました」

美里が円らな瞳を向ける。

泰三には、村井がいっそう嫉妬で苛立ち、昂るのがわかった。

「くそぅ、そんなアバズレは俺が犯してやる。ほら、ケツを突き出せ！」

村井は妻を叱責しながらも、明らかに昂奮度は増しており、ペニスがさっきよりギンとして、臍に向かっていきりたっている。

村井は勃起で妻の媚肉をなぞり、

「とろとろじゃないか……二本舐めながら、したくてたまらなかったんだな？」

「はい……ください。啓介さん、早く」

美里が腰をくねらせて、せがむ。

村井が切っ先を押し当て、腰を入れていく。雁首の張ったペニスが、ズブズブと妻の膣を犯していき、

「あうぅ……！」

美里が激しく背中をしならせる。

「おおぅ……熱いぞ。なかが燃えている。ざわざわしながら、チンコにからみついてくる。たまらんな、美里のオマ×コは」

村井啓介は嬉々として言いながら、膝裏をつかんで押し広げ、ふさふさした翳

りの底にいきりたちを差し込んでいく。

そして、美里は両手でシーツが皺になるほど鷲づかみにして、

「あんっ、あんっ、あんっ……ぁああ、あなた、いいの。すごくいいのよ！」

とろんとした目で、夫を見あげている。

泰三はいったん引いて、ベッドから少し離れたところに胡座をかいていた。

ネトラレの夫は今、大昂奮して、妻とまぐわっている。

二人だけのセックスではお互い盛りあがらないと言っていたから、夫婦にとって今が最高潮のときなのだろう。

つまり、泰三は助っ人としての役割を充分に果たしているのだ。

さっきから、股間のものが痛いほどに勃起しきっている。きっと、こいつも夫婦の営みを間近で見られて、大いに悦んでいるのだ。

二人の死角で、勃起を握って、静かにしごくと、圧倒的な陶酔感が込みあげてきた。

すると、それに気づいたのか、

「こいつにあんたのチンコを咥えさせてやってくれないか？　口が寂しそうだからさ」

と、村井が声をかけてきた。

「いや、ここはもうお二人で……」

「そう言うなよ。まだあんたの役目は終わってないよ。最後までつきあってもらう。いいから、咥えさせてやってくれ」

村井は頑固で、自分の意見を曲げようとしない。

泰三は勃起を握って、美里の顔のすぐ横にしゃがんだ。

勃起を突き出すと、美里がしゃぶりついてきた。

顔を斜めにして、怒張しきったイチモツを頬張る。それを見て、泰三は腰を振って、肉棹を抜き差しする。

美里はこの姿勢ではあまり顔を振れないから、どうしても泰三のほうからイラマチオをする形になる。

猛々しい肉茎を口に叩き込んでいくと、美里は苦しそうに眉根を寄せながらも、唇をまとわりつかせている。

それを見て、村井がふたたび腰をつかいはじめた。膝裏をつかんで持ちあげながら開かせ、少し上を向いた膣に怒張をつづけざまに叩き込む。

「んっ……んっ……んんんん」

美里は突かれるたびに、くぐもった声を洩らして、眉根に深い縦皺を刻む。

きっと苦しいだろう、つらいだろう。しかし、美里は泰三のイチモツを咥えて放さない。

「もっとチンコで喉を突いてくれないか。つまり、美里は上の口と下の口を両方同時に犯されるってわけだ。大丈夫。美里はMっ気があって、そうされたほうが燃えるんだ」

村井が言う。

泰三もそうしたいという気持ちはあった。二人がかりで女性を攻めると、サディスティックな気分になるものらしい。

それに対して女性はマゾ的になる。そして、与えられた苦しさを快感に変える能力を、女性の多くは持っている。

泰三は言われたように、激しくイラマチオをする。ずりゅっ、ずりゅっと硬直を口に叩き込むと、美里はつらそうに眉根を寄せて、えずきながらも、夫の打ち込みを下腹部で受け止めている。

だんだん様子が逼迫してきて、美里はシーツをつかんで、のけぞった。

「どうした、美里。イクのか？　二人に犯されて、天国にイクのか？」

夫に訊かれて、美里は肉棹を頰張ったまま、何度もうなずく。

「しょうがない女だな。いいぞ、イッて……そうら、二人にガンガン犯されて、どんな気分だ？　いいぞ、昇りつめて。ほら、天国にイケよ」

村井が強く打ち据えて、それを見ながら泰三も激しくイラマチオをする。激しく行き来させると、片方の頰がふくらんで、ハミガキフェラの形になった。

かまわず頰の粘膜を擦りあげる。リスの頰袋のようにふくらんだ頰の丸みがそのたびに移動する。

「イケよ。イクところを二人に見せろ！」

村井が激しくストロークを叩き込む。足をM字開脚された美里は、たわわな乳房を波打たせて、

「んっ、んっ、んっ！」

泰三の勃起を頰張ったまま、呻く。

「イキそうか？」

夫に訊かれて、美里が顎を引いた。

「チンコを吐き出すなよ。咥えたままイクんだ。わかったな」

美里がうなずいた。

村井が連続してえぐりたて、泰三も口腔に硬直を叩き込んだ。その直後、

「うぐっ……！」

美里が頬張ったまま、のけぞり、がくん、がくんと躍りあがった。

気を遣ってぐったりとした美里を見て、村井が言った。

「あんたとしているところをビデオに撮っておきたいんだ。しっかり感じさせてくれ。そうじゃないと、撮る意味がない。俺は、妻がほかの男に抱かれて、感じまくっているのに昂奮するんだ。頼むよ、コンサルティング料は二倍出す」

「……いいでしょう。ただし、私の顔は映らないように頼みますよ」

「わかった。俺としても、あんたの顔なんて見たくもないからな」

村井が笑う。

泰三はまだ射精していないから、欲望は充分残っている。それに、村井への対抗心もあった。どうせなら美里をとことんイカせたかった。

「大丈夫ですか、まだつづけられますか？」

訊くと、美里は「はい」とうなずいた。その目は潤みきり、とろんとして、見るからにセクシーだ。

「では、まずこれを大きくしてください」

泰三がベッドに立ちあがると、美里がにじり寄ってきた。

正座の姿勢から尻を持ちあげて、半勃起状態のイチモツをつかんで、ぶるんぶるんと振る。それが力を漲らせると、頰張って唇をすべらせる。

途中でねろりねろりと舌をからませてくる。

泰三のものが完全勃起すると、裏筋を下から舐めあげてきた。

そのシーンを夫がスマホの録画機能を使って、じっくりと撮影している。

泰三には、パートナーが自分以外の男のイチモツを頰張るところを記録しようとする夫の心理がわからない。

美里が睾丸を舐めてきた。

皺に舌を走らせながら、スマホのレンズのほうを見て、妖しく微笑んでいる。

その顔にぞくっとした。そして、美里は睾丸のひとつを頰張った。なかでキンタマを揉みほぐしながら、あどけない顔をスマホに向けている。

(たまらんな……！)

美里が袋を吐き出して、裏筋を舐めあげ、そのまま上から頰張ってきた。

途中まで唇をすべらせ、根元を握りしごきながら、ずっとカメラ目線をつづけている。

(困らせてやるか)

泰三は後頭部をつかみ寄せて、ぐいと屹立を深いところに突き刺した。

「うがっ……！」

美里が飛び退いて、えずいている。目に涙が浮かんでいた。

そして、夫はスマホを構えながら、もう一方の手で勃起を握り、しごいているのだ。

泰三は肉棹を口に突っ込んで、イラマチオをする。

苦しげに眉を折りながらも、美里は頬張りつづけ、それを夫がスマホで録画している。

泰三が激しく腰を振ると、美里の口から唾液がすくいだされて、たらっと喉へと伝い落ちる。

泰三はイラマチオをやめて、美里を仰向けに寝かせ、膝をすくいあげた。

いきりたつものを埋め込んでいくと、

「はうぅ……！」

美里が顎をせりあげる。

よく練れた、熱いと感じるほどの粘膜がイチモツを包み込んできて、くいっ、くいっと奥へ引きずり込もうとする。

(どんどん具合が良くなってくる!)

泰三はじっくりとしたストロークで、美里を追い詰めていく。

「あんっ……あんっ……」

美里が心から感じている声を洩らして、その顔を夫が動画で撮っている。

「いいぞ、美里。いい表情をする。そんなにいいのか。硬いのをぶち込まれて、そんなに気持ちいいのか?」

村井が妻に訊くと、

「はい……いいの。カチカチが好きなの。ガンガン突かれると、すぐにイキそうになります」

美里がスマホに向かって語りかける。

泰三は二人の遣り取りを聞きながら、さらに追い込みにかかった。

膝から離した手で、乳房をつかみ、揉みしだく。たわわなふくらみが形を変える様子をスマホのカメラがとらえている。

(こうしてやる……!)

泰三は覆いかぶさっていき、背中を丸めて、乳首を舐めた。れろれろっと舌で弾き、吸う。

片方の乳房を荒々しく揉みしだきながら、腰を打ち据えると、

「あんっ……あんっ……ぁあああ、いいの。おかしくなる。啓介、わたしおかしくなる。ぁあああ、あんっ、あんっ、あんっ」

美里は喘ぎながら、じっとスマホのレンズを見ている。

二十六歳の若妻が、こうも淫らに、魅力的になれるものなのか――。

泰三は上体を立てて、膝裏をつかみ、ぐいぐい差し込んでいく。

「ああ、これ……深いよぉ。深く突き刺さってくるの。ぁああ、苦しい……子宮に届いてる。ぁああ、もう、もう、ダメっ……」

美里が両手でシーツを鷲づかみにした。

村井がスマホのレンズをこちらに向けて、結合部分を狙っている。

妻の膣に自分とは違う男のイチモツがずぶずぶと入り込むのを見て、なぜこれほどに昂奮するものなのか――。

村井は、とんでもなく昂っているようだ。

泰三がつづけざまに叩き込むと、

「あんっ、あんっ、あんっ……ぁああ、啓介さん。美里、イッちゃう。いいの、イッていいの？」

美里が夫に訊いた。

「いいぞ。イカせてもらえ。あとで、また俺がたっぷり抱いてやるからな」

「はい、うれしい……ぁああ、あんっ、あんっ、イクわ。イッちゃう……」

「そうら、イキなさい」

泰三がつづけざまに深いところにえぐり込んだとき、

「イクぅ……！」

美里がのけぞり返り、その姿を見ながら、泰三もとっさに結合を外して、腹に白濁液をぶちまけていた。

第三章　モテモテ新人ＯＬは処女

1

目の前のベッドに、白いショートスリップを着た二十三歳のＯＬ・藤本安奈（ふじもとあんな）が腰をおろして、恥（は）ずかしそうに吉増泰三を見た。

ハーフアップにした髪形が、安奈の清廉（せいれん）なかわいさを引き立てている。

「考え直したほうがいいと思いますよ。後悔しても、元には戻りません」

吉増泰三はそう説く。

安奈からは、「処女を卒業したい」という依頼を受けていた。

某広告会社に入社したての新人ＯＬだが、外見的にも涼しげな顔つきをしているし、胸も尻も立派である。相談を受けていても利発であり、絶対に男にモテそうなタイプだった。

現に、何人かの男性に言い寄られているらしい。

「何度も言いましたが、彼氏に抱かれたとき、バージンだったと知られるのがいやなんです。彼に余計なプレッシャーをかけることになるし。なにより、二十三歳まで男性経験がなかったということを知られるのが恥ずかしいんです」

安奈がちらりと上目遣い(うわめづか)いに泰三を見た。

(かわいいじゃないか!)

泰三は男としては断然、この女を抱きたい。しかし、性のコンサルタントとしての理性がそれを邪魔する。

「女の幸せは、好きな人に処女を捧(ささ)げることなんです。それを、あなたはみすみすドブに捨てようとしている。私みたいな男に処女を捧げるんですよ。私は四十九歳の不細工(ぶさいく)なオジサンだ。あなたが私を愛せるとは思えない」

「大丈夫です。前から年上の余裕のある男性のほうが合うんです。だから、吉増さんも……」

「ほんとうにそれでいいんですか、後悔しますよ」

「いえ、後悔しません。プロの方に奪っていただいたほうが、後腐(あとくさ)れがありませんし……ただ、痛くないようにしてほしいんです。痛いのはいやです」

安奈がすがるような目で泰三を見る。

「なるべくそのようにしますが、まったく痛みを伴わないという保証はできませんよ」

「少しなら、我慢します。お願いです。それとも、わたしのような女ではその気になりませんか？」

「まさか……あなたみたいな魅力的な女性としたくない男なんていませんよ」

「……お願いします。どうしたらいいんですか？」

その、すがるような視線に泰三は負けた。

二人ともすでにシャワーは浴びていた。泰三はバスローブを脱いで、安奈をそっとベッドに横たえる。

安奈はハーフアップにした髪を散らして、円らな瞳でじっと見あげてくる。

泰三は額から頬にかけてチュッ、チュッとキスをおろしていき、ほっそりした首すじから胸元へとキスを浴びせる。

ノーブラの乳房がスリップの胸をこんもりと持ちあげて、シルクタッチのスリップに左右の乳首がツンとせりだし、深い谷間がのぞいている。

（爽やかな香りがする。これが処女の匂いか）

泰三は清涼感のある芳香を鼻孔から大きく吸い込んだ。

純白のスリップを持ちあげている胸のふくらみを、そっとつかむと、

「んっ……！」

安奈がびくっとして、いやいやをするように首を振った。

「男に愛撫(あいぶ)されるのは、初めてですか？」

訊(き)くと、安奈はうなずいた。

「きみのようなステキな子が、信じられないんだけど、何か理由があるの？」

「わたし、中学生のときにある人に襲われそうになって、それから、男の人が怖くなってしまったんです」

「そうか……ひどい男だな。大丈夫、たいていの男はやさしいから」

そういうトラウマがあるなら、安奈の恐怖心を取り除きながら、セックスの素晴らしさを教えていきたい。それが自分の役目である。

スリップの上から乳房を揉(も)みしだいた。

すべすべの白い布地越しにキスをし、さらに突起を舐(な)める。すると、布地が唾液を吸って肌に張りつき、ピンクとともに乳首の形が透(す)け出てきた。白だから余計に乳首の色が目立ってしまう。

明らかに尖(とが)っている突起をちろちろと細かく刺激し、もう片方のふくらみを静

かに揉みあげる。

「んっ……んっ……ぁあああ、いや、恥ずかしい」

安奈が洩れてしまった喘ぎを、口に手を当てて抑える。

「大丈夫、自然と出る声は抑えなくていい。声は出るのが当たり前だからね」

泰三は言い聞かせて、布地の上から乳首を舐め転がし、吸った。チューッと吸い込むと、

「ぁあああ……くぅぅ」

安奈は手のひらを口に押し当てて、必死に喘ぎを封じ込めようとする。

泰三がもう一方の乳首にもしゃぶりつき、片方の乳房を揉みしだくと、安奈の様子がさしせまってきた。

「んっ……んっ……ぁああああ、もう、ダメっ。やめて……」

「ほんとうにやめていいの？」

「……ダメっ。やめてはいや」

安奈が下から見つめてくる。その円らな瞳があっという間に潤んできて、どこかとろんとしている。

泰三は左右の肩紐を外して、慎重に押しさげる。すると、白いスリップがもろ

肌脱ぎになって、たわわな乳房がこぼれでてきた。

ハッと息を呑んだ。それは、まるでグレープフルーツを二つくっつけたような巨乳だった。

見事なお椀形で、広めの乳輪から透きとおるような乳首がツンとせりだしている。

「びっくりした。想像していたよりずっと大きくて、きれいだ」

「そうですか。胸が大きすぎて、ずっとコンプレックスだったんです」

「いやいや、反対だよ。自慢していいオッパイだ。こうしたくなる」

泰三はたわわなふくらみをそっとつかんで、乳首を慎重に舐めあげる。唾液まみれの舌が淡いピンクの突起をなぞりあげていくと、

「ぁああぁ……！」

安奈が顎をせりあげた。

明らかにエレクトしてきた乳首を舌で上下左右に撥ねて、指でつまんで転がす。そうしながら、もう片方の手指を鉤形に曲げて、脇腹や太腿の肌をフェザータッチで撫でていく。

それをつづけていると、安奈の身体が思わぬ動きをはじめる。

「ぁああ、あああ……へんなんです。わたし、へんなんです」

そう言いながらも、爪先でシーツを交互に蹴る。

泰三は乳首を舌であやしながら、右手をおろしていく。

シルクタッチのパンティの感触があって、それを指の腹でなぞると、

「ぁあああ、あああ……いや、いや……」

口ではそう言いながらも、パンティの基底部はぐぐっ、ぐぐっとせりあがってくる。

「そうら、いっぱい濡れてきたよ。パンティが湿ってきた。なかもぐにゅぐにゅしてきた」

言葉でなぶると、

「ぁああ、意地悪。吉増さん、意地悪よぉ」

安奈は右手の甲で顔を隠して、横を向いた。

それでも、恥丘は何かを求めて、せりあがりつづけている。

泰三は下半身のほうに体を移していく。

白い刺しゅう付きパンティはＴバックらしく、細いクロッチが深々と溝に食い込んで、左右のふっくらとした肉びらがはみ出していた。幾本かの陰毛の生えた

肉びらが、なんとも卑猥だった。

泰三は足を持ちあげて、しゃがみ、食い込んでいる箇所を舐める。

布地と肉びらの感触の違いが刺激的である。そして、舌を這わせるたびにクロッチ部分はますますそぼ濡れて、谷間に深々と食い込む。

「ぁあああ、あああぁ……もう、もうダメっ……恥ずかしい、恥ずかしいよぉ」

安奈はそう口走りながらも、腰をさかんに左右に振る。

むんっとした甘い性臭が匂い立ち、とろりとした蜜が肉びらを濡らして、ぬらぬらと光っていた。

泰三が紐のようになった基底部を横にずらすと、赤い内部とともにクリトリスが姿を現した。

まだバージンであるが、すでにそこは赤く色づいて、おびただしい蜜でぬめりながらも、上方には肉芽が飛び出している。

パンティを横にずらしたまま、赤い狭間を舐めあげ、その勢いのままピンと肉芽を弾くと、

「やぁあああ……！」

安奈は悲鳴に近い声を放って、顎を大きくのけぞらせる。

「クリちゃんが感じるんだね？」

「はい……」

安奈が恥ずかしそうに言う。

「オナニーはしていた？」

「……はい」

「当然、クリ派だよね？」

「そうです」

「じゃあ、今ここでオナニーを見せてくれないか？」

思い切って提案すると、安奈がびっくりしたように泰三を見た。

安奈のパンティを脱がして、泰三は前に胡座(あぐら)をかいた。

「オナニーを見せてほしい。どうしたら安奈がイケるかを知っておきたいんだ。これはとても大切なことなんだ。恥ずかしいのはわかるけど、見せてほしい」

「どうしても、やらないといけませんか？」

「ああ、やってほしい」

安奈は覚悟を決めたようで、閉じていた足を泰三に向かって、おずおずと開いていく。

白く光沢のあるショートスリップの裾がめくれあがると、長い太腿の奥に淡い翳りとともに女の花園が息づいていた。

春の萌えいずる若草のように薄く生えた、柔らかそうな恥毛の下には、楚々とした雌花が、わずかにピンクの内部をのぞかせている。

見とれていると、安奈の手が乳房に伸びた。

枕に頭を乗せて、うっとりと目を閉じている。左右の手を交差させて乳房を揉みはじめた。

右手の指で左の乳首を挟み、くりくりと転がし、トップを指で叩く。

そうしながら、もう一方の乳房をぎゅうと上からつかんで、

「ああああ……！」

艶めかしい声をあげた。右手がおりていき、若草の生えているあたりをゆるゆるとさすりまわした。

次に、細くて長い中指がツーッと狭間を撫であげていく。爪にピンクのマニキュアをしているせいで、その尺取り虫みたいな動きがはっきりとわかる。

他の指も加わって、合計四本の指が全体をなぞりはじめた。そうしながら、内側に折り曲げた親指でクリトリスをこちょこちょとくすぐっている。

（そうか。こうやって、オナニーしているんだな？）

泰三は観察しながら、訊いた。

「オナニーするときは、イクんだね？」

「はい……クリちゃんをいじっていると、イキます」

「そうか……いいよ。クリを触って、イッていいよ。見たいんだ」

「恥ずかしいわ」

「痛いのはいやだと言っていたね。男のものを入れても痛くならないように、まずはきみに充分感じてもらわないと……」

安奈はそれでもためらっていたが、やがて、中指を陰核に押し当てて、くるくると円を描くように本体を刺激しはじめた。

「ぁあああ、あああ……」

曲がっていた足が徐々に伸びてくる。

安奈は左手で乳首をトントンと上から叩き、つまんで捏ねる。そうしながら、陰核をくりくりと押しつぶしている。

左手がおりていって、肉芽の包皮を引っ張りあげた。そうやって、裸に剝いておいて、安奈はさかんにクリトリスをまわし揉みする。徐々に力がこもって、擦

るピッチがあがり、

「ぁああ、イキそうです。イッていいですか？」

「いいぞ。イッていいぞ。見てごらん、こんなになってる」

泰三は安奈の顔の横まで行って、勃起しきった肉棹を見せる。安奈がびっくりしたように目を見開いた。

「おチンチンを見ながら、イキなさい」

言うと、安奈はそそりたつものを凝視しながら、

「イキますぅぅ……！」

昇りつめて、ピーンと足を伸ばした。

2

安奈はオナニーで気を遣り、背中を丸めてぐったりしている。

チャンスだった。

泰三は大きな枕を安奈の腰の下に置いて、足を開かせた。

安奈は絶頂の余韻にひたっているのか、とくにそれをいやがらない。

（よしよし、それでいい）

ひろがったすらりとした足の間には、淡い草むらとともに清新な雌花がほころびかけている。

(色がきれいだ。ふっくらとして、いかにも名器だな。こんな慎ましい花を俺が散らしていいものなのか……いや、でもそれは本人が望んでいるのだ)

気持ちが変わらないうちにと、泰三はそっと顔を寄せて、花びらの狭間をやさしく舐めた。舌を這わせていくと、

「あっ……！」

安奈がハッとしたように足を閉じた。

「恥ずかしがらなくていい。きれいな女性器だよ……覚悟してきたんでしょ、余計なものを脱ぎ捨てたいんだろ？」

安奈がうなずいて、おずおずと足を開く。

もう一度顔を寄せて、今度はクリトリスを舐めた。笹舟形の女陰の上のほうにあるポツンとした突起に、静かに舌を這わせると、

「ぁあああ……！」

安奈が抑えきれない声を洩らして、シーツを鷲づかみにした。やはり、クリトリスでイッたばかりなので、敏感になっているようだ。

さっきオナニーするときに皮を剝いて、じかに擦って気を遣った。ということは、ここもやはり……。

右手の人差し指で包皮を押しあげると、つるっと剝けて、珊瑚色の本体が姿を現した。

肉の真珠は大きく育って、真っ赤に色づいている。そこを舌で上下左右に弾いて、かるく吸うと、

「ぁあああ……いやっ、くっ、くっ……」

安奈は下腹部を持ちあげて、がくん、がくんと痙攣している。

やはり、クリトリスは抜群に感じるようだ。おそらく、二十三歳まで自分でクリちゃんを触りまくっていたのだろう。

（クリではイク。しかし、なかは未体験というわけか）

泰三は剝いたクリトリスを舐めながら、左手を上に伸ばして、乳房を揉みしだく。

白いスリップが腰にまとわりついていて、巨乳と呼んでも差し支えのない胸のふくらみが、激しい息づかいで波打つ。

女の花芯はすでにおびただしい蜜であふれ、乳首も硬くしこっていた。

泰三はクリトリスを舐め転がしながら、左手の指で乳首をつまんで、くりくりとねじる。

包皮を剝いていた右手も上に伸ばし、乳首をつまんで転がした。

左右の乳首は処女とは思えないほどにカチンカチンで、クリトリスもさっきより肥大している。

肉芽から舌をおろしていき、狭間を舐めた。ヨーグルトに似た味覚の粘膜に舌を走らせると、

「ぁああ、ああぁ……」

安奈の洩らす喘ぎが艶めかしいものに変わった。

左右の乳首を捏ねながら、雌花の粘膜を舌でなぞり、上方のクリトリスを舌先で細かく刺激すると、安奈の様子がさしせまってきた。

「ぁああ、ああああ……もう、もうダメっ」

そう口走りながらも、ぐぐっ、ぐぐっと下腹部をせりあげて、擦りつけてくる。

すでに蜜はあふれて、膣口（ちつぐち）はとろとろだ。挿入（そうにゅう）してもいいのかもしれない。

だが、その前にフェラチオを体験させておきたかった。

「フェラチオはできそうかい？」

安奈は首を左右に振る。

「だけど、きみがこれから彼氏に抱かれるとなると、フェラができないと話にならないぞ。やっておいたほうがいいよ」

「……そうですね。一応、映像では見て、学習はしているんですけど」

「見るのと実際にやるのとでは、大違いだ。試したほうがいいんじゃないかな」

安奈はちらっと、泰三のいきりたつイチモツを見て、視線を落とした。

「どうした？」

「実際に見るのも初めてだから……オッキいなって。こんなの入るのかしらって、不安です」

「それだったら、余計に口でしておいたほうがいいんじゃないか？」

「……そう、ですね」

「じゃあ、やってみよう。その前に、そのスリップも脱いじゃおうか」

「脱ぐんですか？」

「そうだ」

安奈はスリップを足元から抜き取っていく。全体にむっちり形だが、乳房がデカいから、見栄(みば)えのする身体だ。

容姿は抜群なのに、二十三歳になっても処女だというのだから、世の中はわからない。

泰三がごろんと横になると、安奈は足の間にしゃがんだ。

臍(へそ)に向かっていきりたっている野太い肉の塔を見て、一瞬、顔をそむけた。それから、おずおずと屹立(きつりつ)に指をまわして、握りしめる。

「どう？」

「太いです。硬いようで柔らかくて、熱いです」

「グロテスクだろ？」

「いいえ、むしろ、カワイイって感じです」

「そうなの？」

「はい……ここがそら豆にそっくり。でも、確かに亀さんの頭にも似ているわ」

安奈は興味津々(きょうみしんしん)という様子で、そろりそろりと指を伸ばして亀頭冠(きとうかん)にからませ、

「おチンチンはどこが気持ちいいんですか？」

ゆったりとしごきながら、あどけない顔で訊いてくる。

「そうだな。おしゃぶりされるときは、やはり、カリの周辺かな。笠みたいなところの縁とか、裏側の凹んでいるところとかが、いちばん感じる。ただし、それはおしゃぶりするときで、しごくときはやはり全体かな。亀頭部は唾で濡らさないとつらいしね」

「知りませんでした。じゃあ、おしゃぶりして濡らしてから、指でしごくのがいいんですね？」

「そういうことになるな」

「じゃあ、まずは舐めます」

安奈が顔を寄せてきた。

いきりたっているものの頭部に、チュッ、チュッと愛らしくキスをした。それから、尿道口を舌先でちろちろとくすぐってくる。

「気持ちいいですか？」

不安そうに見あげてきた。髪をハーフアップにした顔が愛らしい。

「ああ、上手いよ。思っていたよりも、できるね」

「よかった。わたし、ソーセージを買って、実際に試していたんですよ」

「ほお、勉強熱心だな」

そう言いながらも泰三は、安奈がソーセージを咥（くわ）えているところを想像して、昂奮してしまった。

安奈は右手で茎胴を握り、その余った部分に唇をかぶせてきた。おずおずと頬（ほお）張（ば）り、そこで動きを止める。

はぁはぁと肩で息をして、右手を離し、一気に根元まで咥え込んでくる。

「ぐふっ、ぐふっ」

と噎（む）せて、いったん顔をあげた。

「太いわ。それに、長くて根元までは無理。みんな、すごいのね。映像で見た女優さんなんか、すごく長いのを喉（のど）の奥まで吸い込んでる」

「あれは、プロだからだよ。普通の人はあそこまでしなくて大丈夫だから」

「そうなんですか？」

「ああ。だけど、フェラが上手い女の子は、男にフラれる確率がきわめて低いそうだよ。それだけ、男はフェラが大好きだっていうことだ。とくに、おしゃぶりしながら男をじっと見あげると、効果は絶大だというね」

「……だったら、わたし絶対に上手くなりたい」

そう言って、安奈がふたたび頬張ってきた。

ゆっくりと唇をすべらせて、ついには根元まで咥え込んだ。

「ぐふっ、ぐふっ」

と、噎せながらも、今度は決して放そうとはせずに、頬張りつづけている。

(頑張りやさんなんだな)

安奈はゆっくりと顔を振りはじめた。

ふっくらとした小さめの唇を血管の浮き出た表面にまとわりつかせ、静かにすべらせる。

苦しそうに眉根(まゆね)を寄せている。それでも吐き出そうとはせずに、亀頭冠(きとうかん)から根元まで唇を往復させる。

「上手だよ。今度は吸ってくれないか。バキュームフェラだ。思い切り吸い込みながらスライドさせると、男はすごく気持ちがいいんだよ」

安奈がチューッと吸い込んだ。頬がぺこりと凹んで、安奈がいかに強く吸い込んでいるかがわかる。

「そうだ。上手だ。そのまま、唇をすべらせて」

安奈は頬を凹ませたまま、大きく顔を打ち振る。

「ぁあ、気持ちいいよ。とても初めてだとは思えない。ソーセージ特訓の成果が出てるな。たまらん！」

褒めると、安奈はいっそう激しく顔を打ち振って、

「んっ、んっ、んっ」

と声をあげる。

「いいぞ。そこでジュルジュルと唾を啜って、音を出してごらん」

コーチすると、安奈は言われたとおり、ジュルル、ジュルルと啜りあげた。

ちゅるっと吐き出すと、唾液が糸を引いて、それが途切れる。

安奈が口をごにょごにょさせた。次の瞬間、たらっと唾液の糸が垂れ落ちて、
亀頭部に命中した。

3

安奈にフェラチオを教え込んで、いよいよ破瓜の儀式に移ることにした。

安奈を仰向けに寝かせて、今一度、乳房を揉み、トップを舌であやした。

そうやって安奈の性感をふたたび高めてから、泰三はすらりとした足をすくいあげる。

「ああう……」

安奈が顔を横に向けて、ぎゅっと目を閉じた。

破瓜を前にして、今、安奈はどんな気持ちなのだろう。きっと、不安でいっぱいのはずだ。

だが、あらわになった雌芯はすでに花びらがひろがって、赤い芯は妖しいばかりにぬめ光っている。二十三歳の女体はすでにペニスを欲しがっているのだ。

いきりたつ怒張を静かに押し当てると、

「ぁあう、いやっ」

安奈が太腿をよじりあわせて、拒んだ。

「大丈夫だから、力を抜いて」

やさしく言い聞かせると安奈がうなずいて、むっちりとした太腿をおずおずと開く。

ふたたび膝の裏をつかんで押し広げながら　中心に切っ先を添えて、慎重に押し込んでいく。

切っ先が蕾を開かせようと、進んでいくと、

「はうぅぅ……！」

安奈はつらそうに眉根を寄せて、顔をのけぞらせた。

「痛かった？」

安奈は大きくうなずいた。

「我慢しなさい。すぐに終わる」

ここはひと思いに貫いたほうが楽だろう。ぐいっと腰を入れると、切っ先が窮屈なところを突破していく確かな感触があって、

「はうぅぅ……！」

安奈が顎をせりあげて、シーツを鷲づかみにした。

そうとう苦しいはずだ。だが、安奈は奥歯を食いしばって耐えている。

ここは痛みを和らげてあげたい。

抜き差しはせずに、膝を放して、覆いかぶさっていく。

そのままぎゅっと安奈を抱きしめ、乱れた髪をかきあげてやって、額にかるくキスをする。

「大丈夫かな？」

「はい……」

「これで、きみは女になった。よく耐えたね」

「……うれしい。キスしてください」

安奈がかわいいことを言う。

泰三は唇にチュッ、チュッとキスをする。ついばむようなキスに安奈も応えて、泰三にしがみついてきた。

二人の舌がからみあって、泰三も頭の芯が蕩(とろ)けるような快感に酔った。

なおも舌を吸ったとき、

「くうゥゥ……！」

安奈がくぐもった声を洩らした。そのとき、膣がきゅっ、きゅっと分身を締めつけてきて、

「くっ……！」

泰三も奥歯を食いしばって、暴発をこらえた。

ついさっきまで処女だったそこは、やはり緊縮力が違う。また、侵入者に対して、膣が過剰防衛をしてしまうのかもしれない。

いずれにしても、安奈がバージンだった証(あかし)である。

キスをしながら、慎重に腰を動かすと、

「くうぅぅ……！」

安奈がきりきりと歯列を嚙(か)んだ。

苦しげに奥歯を噛む安奈を見ていると、泰三は可哀想になって、抜き差しを止めた。

正直言って、バージンを奪うのは初めてだから、勝手がわからない。

安奈に処女を卒業させるという使命を果たしたのだから、あとは適当にやればいいとは思うのだが、どうせなら少しは感じさせてあげたい。

セックスの良さをわからせてあげないと、実践的性コンサルタントの役目を果たしたとは言いがたい。

思い直して、泰三は首すじにキスをおろしていく。

そうしながら、右手で乳房を揉んだ。グレープフルーツを二つくっつけたような巨乳である。

柔らかなふくらみがしなって、指に吸いついてくる。

青い血管が透け出るほどに薄く張りつめた乳肌は、揉むほどにピンクに染まる。

「ぁあああ、あああぁ」

安奈は陶酔(とうすい)した声を洩らして、顔を右に左に振る。血管が浮き出ていて、それがとてもセクシーに感じる。

(よしよし、感じているな)

泰三はピンクの乳首にしゃぶりついた。れろれろっと突起を舌で上下に撥ねると、

「はううう……！」

安奈は顔をのけぞらせ、快感をあらわにする。

やはり、乳首とクリトリスが最大の性感帯だ。

性器結合をしながら、乳首をかわいがることにして、突起を丹念に舐めた。

さっきより硬くせりだしている突起を舌で上下左右に転がし、吸う。

「はぁああ……！」

安奈はいっそう感じて、顎をせりあげる。

もっと感じさせたい。

(そうか、オナニーさせれば……)

思いついて、提案した。

「安奈ちゃん、もっと感じたいだろ？」

「……はい」

「オナニーしてくれないか。挿入したまま、きみはオッパイを揉み、クリちゃ

んをいじる。そうすれば高まる。そのタイミングに合わせてピストンすれば、相乗効果で安奈ちゃんもイケるかもしれない」

「……でも、恥ずかしいわ。それに、こういう状態でクリを上手くいじれるかしら？」

「こうすれば、できるだろう」

泰三は上体を立てて、安奈の膝裏をつかんで、ひろげながら持ちあげた。

「入っているところが見えるだろう」

「はい……恥ずかしいわ」

「これなら、指が届くはずだ。やってごらん」

うなずいて、安奈が手を伸ばした。

結合地点で内に巻き込まれているクリトリスを引っ張り出して、円を描くように刺激する。

そうしながら、もう片方の手で巨乳を鷲づかみにして、荒々しく揉み、乳首をつまんで転がした。

人差し指でトップをとんとん叩き、捏ねて、

「ぁあああ、あああああ、いいのぉ」

髪形をハーフアップにした頭をシーツに擦りつけて、のけぞる。

膣がきゅっ、きゅっと締まって、肉棹が気持ちいい。

ストロークをこらえていると、安奈はクリトリスをさかんにいじりながら、もっと欲しいとアピールするように、腰をせりあげてきた。

ロストバージンしたばかりの安奈は、泰三のペニスを体内におさめながら、自ら巨乳を揉みしだき、結合部に巻き込まれたクリトリスをいじっては、

「ぁああ、あああん、あんんん」

愛らしく喘いで、顎をせりあげる。

（よしよし、このままイキそうになったら、ピストンをさりげなくしよう）

泰三は膝の裏をつかんで、足を開かせて、持ちあげている。そして安奈は、自ら巨乳を揉みながら、結合部のクリトリスをいじっては、ぎゅっと目を閉じて、快感が湧きあがるのを待っている。

「気持ちいいか？」

「はい……気持ちいい」

「いいんだぞ、イッても」

「はい……ぁああ、あああぁ、気持ちいい……」

安奈はいっそう激しく乳房を揉みしだき、結合部の肉芽を指先でくりくりと転がす。

（よし、今だ！）

泰三は静かに腰を動かした。

はっきりと覚られないように、かるく抜き差しをする。

さり気なくピストンしたつもりだったが、目論見は外れ、安奈が顔を左右に振って、泰三を見る。

「大丈夫。ピストンを気持ちいいものだと思ってごらん。自己暗示をかけるんだ。そうしたら、快感が高まっていくから」

説くと、安奈はうなずいて、巨乳を揉み、乳首をつまんで転がす。

その間、泰三はゆっくりと浅いところを突く。奥まで入れると、衝撃が大きすぎると思ったからだ。

がつんと強く打ち込まず、途中までのストロークを繰り返す。

すると、これが効いたようで、安奈も徐々に高まってきた。

「ああん、あああ……気持ちいい。へんになりそう」

そう言いながら、安奈の指が泰三の勃起にからんできて、オマ×コに押し入っている肉茎に親指と人差し指をまわして、かるくしごいてくる。

「おい……」

「ふふ、いやらしいオチンコね。ぬるぬるしてる」

安奈は悪戯(いたずら)っ子のように微笑(ほほえ)む。

「きみのいやらしい汁でぬるぬるなんだぞ」

「このままピストンしてみて」

泰三が腰をつかうと、安奈が輪にした指の間を勃起が行き来することになって、ひどく気持ちがいい。

「ダメだ。これでは、こっちが出してしまう。もう一度、オナニーしてくれ。そうしたら、イケるだろう。俺はそのときに外に出すから」

「……わかったわ」

安奈がまた集中しはじめた。

どうにかして、性感を高めようと、乳首を捏ねて、翳りの底に指先を伸ばす。

クリトリスを素早く刺激しつつ、たわわな乳房をぎゅっとつかんでいる。

「ぁああ、あああ、いいの、いい……イキそう」

安奈がさしせまった様子で訴えてくる。

「いいよ、イって」

泰三は少し打ち込みのピッチを速めた。

「ぁあああ、イク、イクよ……はうん！」

安奈が絶頂に達したのか、のけぞり返った。

泰三もとっさに結合を外して、白濁液を肌に飛ばしていた。

4

処女を卒業させるという使命を果たした泰三は、若いＯＬ・藤本安奈からの報告を待った。

ようやく二週間後に、ホテルで逢いたいという連絡が来た。

報告だけなら電話で済むはずだが……と、一抹の不安を抱きつつ、約束した日にホテルへ出向いて、安奈に逢った。

ブラウスにスーツを着た安奈を一目見て、表情が暗いと感じた。

窓際のソファに対面して座って、訊いた。

「どうだったの？」

「それが……」

安奈によれば、槇村という彼と初セックスを前提に、二泊三日で長崎と天草を巡る旅に出た。

長崎の夜景を見て、ホテルで初夜を迎えた。ロマンチックな夜だった。

そこまではよかったのだが、槇村の愛撫がせっかちな上、下手くそで、ちっとも感じない。

天草で迎えた二日目の夜も、ただ痛いだけで、いっさい快感がなかった。

彼もそれに気づき、二人は今、気まずい雰囲気になっているという。

安奈は槇村を心底愛しているから、もっと深い関係になりたいらしい。

「そのためには、わたしがもっと感じやすくなればいいと思うんです。彼にセックス上手になってと言っても、ますます気まずくなりそうだし……それで、決めたんです。わたしを感じる身体にしてください。そうしたら、きっと彼も乗ってくると思うんです」

「……事情はわかったけど、きみは平気なのかい。恋人がいながら、他の男に身を任せることになるけど」

「だって、それが吉増さんの仕事でしょ、実践的性コンサルタントなんだから」

「まあね……」

「大丈夫。わたし、けっこうお金あるから、ちゃんとコンサルティング料、払いますよ」

そう言って、安奈がゆっくりと足を組み替えた。

今日はお洒落(しゃれ)で、セクシーな格好をしていた。

ミニのタイトスカートは脇にスリットが入っていて、そこからむっちりとした太腿がのぞいている。

安奈が上になっているほうの足の爪先をぐりんぐりんとまわし、さらに上下に撥ねる。

すると、赤いエナメル質のハイヒールで股間をなぞられているような気になり、分身がむくむくと頭を擡(もた)げてきた。

股間のふくらみに気づいたのか、安奈がにこっとした。

片方の足を肘掛けにかけたので、ミニスカートがずりあがり、スリットから黒のパンティストッキングに包まれた下半身があらわになった。

透過性(とうかせい)の強いストッキングなので、白っぽいパンティが透け出していた。

安奈はあらわになった股間に手を伸ばして、付け根から腹部にかけてなぞりあげ、

「ぁああん、吉増さんがいけないのよ。いっぱいオナニーさせたから、これがすごく感じるようになったの」

安奈はストッキング越しに下腹部をさすっていたが、やがて、自分でストッキングをつかんで思い切り引っ張った。

乾いた音とともに、黒いパンティストッキングが破れて伝線し、白の刺しゅう付きパンティがあらわになった。

破れたパンティストッキングからのぞく純白のパンティを、安奈がさすりはじめる。

基底部にシミが浮き出てきて、布が食い込んで、肉土手がわかる。

安奈がパンティのクロッチ部分を、ひょいと横にずらした。

（ぉおおお！ 丸見えだ）

深い谷間を刻む花園があらわになった。しかも、狭間は淫らな蜜でぬめぬめと光っている。

安奈が左手をV字に開いたので、肉びらもひろがって、サーモンピンクの粘膜が顔をのぞかせた。

実践的性コンサルタントとして、それなりの経験を積んでいる泰三だが、ここまでされると、自分を抑えられない。

ソファの前に立って、ズボンとブリーフを脱いだ。

転げ出てきた分身はすごい角度で、いきりたっている。

それを見た安奈が舌なめずりをした。ちらりと見あげて、そっと赤い舌を伸ばし、勃起の裏側を舐めてきた。

そろり、そろりと舌をからませながら、愛らしく見あげてくる。

（この子は只者じゃない。確かにバージンだったが、根はドスケベだ）

安奈は愛らしく見あげながら、亀頭冠の真裏をちろちろと舐めた。それから、

「あああうぅ」

と、顔をしかめる。

見ると、安奈の中指が深々と膣に差し込まれていた。

くちゅ、くちゅと膣の粘膜を搔きまわしながら、

「はうんん……！」

と、肉の塔を咥え込んできた。

そして、顔を打ち振って、勃起に唇をすべらせながら、恥肉を攪拌して、

「んっ、んっ、んっ……」

くぐもった声を洩らした。

「もう、オマ×コは痛くはないの？」

訊くと、安奈は吐き出して言う。

「はい…指なら。でも、おチンチンだと太くて、まだ……」

「そうか……じゃあ、とにかく太いものに慣れることだね」

「はい、そう思います」

「挿入の前に、もっと指でいじってゆるめてごらん。ぐちゅぐちゅになるまで」

「はい……」

安奈は押し込んだ中指を出し入れし、天井をなぞって、

「ぁああ、気持ちいいの……ひとりでするとこんなにいいのに……」

瞳を潤ませて言い、湧きあがる快感をぶつけるように、亀頭にしゃぶりついてきた。

亀頭の傘を中心に「んっ、んっ、んっ」と唇を往復させて、同じリズムで指をピストンさせる。

泰三は俯瞰して淫らな光景に見とれた。

スーツを着たかわいらしい女性が、ソファで大きく股を開き、破れたパンティ

ストッキングの奥を指でいじりながら、泰三のイチモツを頬張って、一生懸命に唇を往復させている――。

「んんんっ、んんんっ、んんんんん……」

安奈はくぐもった声を洩らし、ついには肉棹を吐き出して、

「ねえ、これが欲しい。おチンチンが欲しい」

うるうるした目で、泰三を見あげて言う。

立ち上がり、ベッドに行った安奈が服を脱ぐ。つけているのは破れた黒いパンティストッキングと、白いパンティだけだ。

「騎乗位(きじょうい)って、わかる？」

「はい……一応」

「あれをやってみよう。あれなら自分で加減できる」

提案すると、安奈はうなずき、ベッドに仰臥(ぎょうが)した泰三にまたがってきた。

おずおずと蹲踞(そんきょ)の姿勢を取って、パンティのクロッチ部分を横にずらす。

いきりたつものを湿原に擦りつけて、馴染(なじ)ませる。それから、慎重に沈み込んでくる。

切っ先が狭い入口を押し広げていって、

「あうぅ！」

安奈は上体をまっすぐに立てて、顔をしかめた。

まだ入りきっていない。

歯を食いしばって、安奈がもう一度沈み込んできた。今度は奥まで嵌まり込んで、

「ぁあうぅ……」

安奈はきりきりと奥歯を食いしばる。

しばらくすると、ゆるゆると腰をつかいはじめた。

すごい光景だった。

楕円形に大きく破れて、伝線したパンティストッキングの開口部で、ずれた白いパンティの横に男根が埋まっている。

「んん、んん、んんん」

安奈のつらそうな声が、少しすると、

「ぁああ、ああああうぅ」

と、喘ぎに変わった。

「大丈夫かい？」

「はい……熱くなってきた、あそこが。熱い……ぁあああ、いい。きっとこれを気持ちいいって言うんだわ」

安奈が、ゆっくりと腰を前後に揺すった。

確かにさっきまでとは違っていた。表情がうっとりしているし、無駄な力も入っていない。

亀頭部がかなり奥まで入っているはずだが、そこは腰の落とし方や、振り方で調節できるのだろう。

安奈はゆるやかに腰を揺すりながら、乳房を揉みはじめた。

右手で巨乳を荒々しく揉みしだき、尖ってきた乳首をつまんで転がす。

「気持ちいいんだね？」

「はい……わたし、ちゃんと感じている。うれしい。気持ちいい。蕩けていく。わたし、蕩けていくわ」

安奈はしばらくそうやって、乳房を揉みながら、腰をぐいんぐいんと振っていたが、やがて、

「もう、ダメっ……」

力尽きたように、前に突っ伏してきた。

イッたというより、心身の何かが限界を超えた感じだ。

泰三は下からキスを求めた。すると、安奈は唇を重ねて、舌をからめてくる。

しばらくすると、安奈が腰をつかいはじめた。

情熱的なキスをしながら、湧きあがるものをぶつけるように、腰をくいっ、くいっと振りあげる。

その腰づかいが徐々に激しくなり、ついには貪（むさぼ）るように舌を吸い、腰をしゃくりあげる。

泰三も両手を腰に添えて、動きを助けてやる。

安奈の動きに合わせて、少しだけ肉柱を突き出した。

ゆるくせりあげると、安奈も呼応（こおう）して、動きを変える。二人の動きがぴったりと合う瞬間があって、

「ぁあぁ、気持ちいい……すごい、すごい」

安奈が耳元で言って、ぎゅっとしがみついてきた。

「俺も気持ちいいよ。安奈のオマ×コはきつきつだけど、うねうねしていて最高だ。ここに挿入して気持ち良くないはずがない。自信を持つんだ」

「ほんとうですか？」

「ああ、事実だ。オッパイも大きいし、オマ×コの具合もいい。それに、かわいいし、素直だ。これ以上の女はいないよ」

「うれしい……！　わたし彼より吉増さんのほうがいいわ」

「おいおい……俺は四十九歳の不細工なオジサンだよ。勘違い（かんちが）いもはなはだしい」

「勘違いでもいい。だって、吉増さんとすると、どんどん良くなるんだもの」

「それは、安奈が成長しているからだ。その彼氏相手だって、絶対に良くなる。俺はその間の身代わりみたいなものだよ」

そう言って、泰三は上体を立てる。胡座（あぐら）をかいた対面座位である。

膝をゆっくりと上下動させると、それにつれて、安奈の身体も揺れて、

「ぁああ、あああ……気持ちいい」

安奈は肩につかまって、艶めかしい声を洩らす。

パンティのクロッチ部分が擦れているが、それほど気にならない。

がっちりとホールドして、膝を上下動させると、安心感があるからか、安奈が高まっていくのがわかる。

キスをして、唇を貪った。

「んんっ……んんんんっ……ぁあああ」

安奈は顔をのけぞらせて、自分から腰を振りはじめた。尻を擦りつけては、

「ぁああ、気持ちいい……わたし、気持ちいい」

自分を納得させるように言いながら、肩につかまり、激しく腰を揺する。

（そろそろ、イッてもらおうか……）

泰三は安奈の背中を手で支えて、後ろに倒した。

自分は膝を抜いて、正面からの体位に移った。覆いかぶさっていき、女体をがっちりとホールドして、屹立を静かに送り込む。

そそりたつものが、蕩けた粘膜を擦りあげ、クリトリスを巻き込みながら刺激して、

「ぁあああ、気持ちいい。ほんとうに気持ちいいの」

安奈が心底からの声をあげる。

「いいんだぞ。そのまま、もっともっと気持ち良くなって」

徐々にストロークのピッチをあげていくと、

「ぁあああ、すごい。吉増さん、へんよ。わたし、へんよ」

安奈がぎゅっとしがみついてきた。パンティストッキングの破れはさらにひろがって、尻も太腿もあらわになり、それがまた男心をかきたてる。

「イキなさい。そうら、限界を超えるんだ」

泰三が打ち込みのピッチをあげたとき、

「ぁあああ、あんっ、あんっ、あんっ……ぁあああ、来るぅ……あはっ！」

安奈はいっぱいに身体をのけぞらせた後、がくんがくんと震え、ぐったりして動かなくなった。

泰三はまだ放っていない。そもそも射精する気はないのだ。

ゆっくりと抜き取って、すぐ隣にごろんと横になる。

しばらくすると、安奈がにじり寄ってきた。

泰三を上からじっと見つめて、

「わたし、ちゃんとイッたみたい。これのお蔭ね」

安奈はいまだ半勃起している泰三のイチモツに指を伸ばして、ゆっくりとしごき、胸板にチュッ、チュッとキスをした。

第四章　コスプレでED解消

1

吉増泰三は、クライアントである谷口直樹（たにぐちなおき）の妻がホテルの部屋に来るのを待っていた。

『女房が相手だと勃起（ぼっき）しないんですよ。それをどうにかして解消したい』

というのが、谷口の依頼だった。

妻の前では勃起不全、すなわちEDになってしまう──つまり、他の女やオナニーではエレクトするのに、いざ妻が相手となると、あそこが反応しきれないという現象である。

これはおそらく、ずっと昔からあったと思われるが、それが最近になって急増しているのだ。

原因は多々ある。

愛情が薄れた、セックスがマンネリ化して刺激がなくなった、妻の体形が変化した、妻にセックスを拒否された、等々……。

なかには、妻の出産シーンをまともに見てしまい、赤ちゃんの出てくる穴にペニスを挿入できなくなったというケースもある。

今回の場合は、妻の康子への愛情がなくなったというわけではない。

なのに、いざベッドインすると、勃起しないのだという。

妻にセックスアピールを感じないらしい。

内心では、半勃起であることを自覚しており、もっと勃たせないと、と義務感のようなものに駆られていて、焦れば焦るほどに勃たなくなるのだという。

『妻の膣がゆるいのか、俺のが小さいのか、ピストンしていても今一つ気持ち良くない。康子もマグロで反応してくれない』

直樹のその言葉が気になって、今日はひとまず妻の康子にだけ来てもらうことになっている。

ホテルの部屋で待っていると、ドアをノックする音が響いた。

招き入れた谷口康子を見て、驚いた。想像していたよりはるかにチャーミングな女性だったのだ。

康子はやや小柄だが、目のくりくりとしたミドルレングスの髪形が似合う、キュートな美人である。

二十八歳でOLをしているらしいが、とても利発そうに見える。

しかも、瞳の輝きや仕種（しぐさ）にも一途（いちず）さが感じられて、泰三の好きなタイプだった。

「夫からうかがっております。いくら仕事とはいえ、夫婦間の問題に巻き込んでしまって、申し訳ありません」

康子が頭をさげた。

「いえいえ、まったく問題ないです。これが私の仕事ですから」

「では、シャワーを浴びてきます。実際にわたしの身体を体験なさってから、判断してほしいので……」

ぽかんとしている泰三を尻目に、康子はバスルームに姿を消した。

この潔（いさぎよ）さには、驚いた。

もちろん、ホテルの部屋に呼んだのは、夫が康子に対して勃起しなくなった理由を、実際にさぐってみたいからだった。しかし、何のカウンセリングもなしにいきなりシャワーを浴びにいくとは……。

康子は見た目とは違って、いざやるとなったら、迷わないで突き進むという強い意思の持ち主のようだ。あるいは、夫に長い間、貫かれなくて、身体がカチンカチンの男根を求めているのかもしれない——。

思いを巡らせていると、康子が出てきた。

薄地のナイトウエアをまとって、うっすらとした笑みをたたえ、泰三に向かって言った。

「あの……先生もシャワーを浴びてきてください。その間に、準備したいこともあるので」

「準備ですか？」

「ええ……」

「何でしょうか？」

「それは、出たときのお楽しみということで」

「わかりました」

泰三もバスルームに向かう。

（何の準備だろう？）

様々なことを考えながら、体をきれいに洗った。

ナイトウエアを着て、バスルームから出ると、康子がスマホをセッティングしていた。どうやら、二人のセックスシーンを撮影するつもりらしい。

「それは、ご主人の要望ですか？」

「いえ、違います。自分で考えました。自分がしているところを一度客観的に見たいので。ダメですか、ダメならやめますが……」

「いや、ダメってことはないですよ。確かに、康子さんのためになるかもしれない。私もアドバイスの際の参考のために、ときには録画をします」

「よかった」

「で、その格好は？」

康子は、襟元の大きく開いた白いブラウスに、ぴちぴちの黒いタイトミニを穿き、黒いハイヒールを履いた出で立ちだ。しかもノーブラらしく、ブラウスの胸には二つ、ぽっちりとした突起が透けている。

「先生が主人に、マンネリ打破にはコスプレも有効だっておっしゃったでしょ。それでわたし、主人とコスプレをしたくて……。主人はＯＬものＡＶとかが好きみたいなんです。だから、この格好で……でも、その前に先生と試してみたいんです。いけませんか？」

「いや、いい考えだと思います」

二人にコスチュームプレイを勧めたのは、夫から、康子は演劇をかじっていたことがあると聞いていたからだ。

それに、こうして見ても康子は、さながらビッチ風ＯＬそのもので、むんむんとした色気を滲（にじ）ませていて、大いにそそられる。これなら、夫の悩みである『妻だけＥＤ』も、案外早く解消するのではないか――。

「それで……わたし、どうしたらいいのでしょうか？」

康子が意見を求めてきた。

「それは、ご自分で考えたほうがいいでしょう。以前演劇をやっていらしたんだから、役作りはできるでしょう。そのへんはお任せします。ただひとつアドバイスをするとしたら、日常の康子さんからは想像できない、奔放（ほんぽう）なキャラにしたほうがいいかもしれませんね。新鮮で……」

「そうですか、わかりました」

康子はしばらくの間、目を閉じて黙想し、役作りをしているようだった。

キャラが決まったのか、大きな目をぱっちり開けて、部屋のライティングデスクの前の椅子に座り、足を組んだ。

ベッドに腰かけている泰三に向く形である。

それから、ハイヒールを履いた足をゆっくりと組み換えた。

爪先があがって、太腿までの黒いストッキングに包まれたすらりとした足と、股間の奥に赤黒いものが見えた。

（赤のパンティか……）

残像に昂奮していると、康子は頬杖をつきながら、じっと泰三を見た。

それから、足を解いて両足を徐々にひろげていく。開いていくむっちりとした太腿とその奥に視線が吸い寄せられる。もう少しで、パンティまで見えるというところで、パタッと足を閉じた。

それからまた膝を開いていく。

焦らしているのだろう。康子はそれを何度か繰り返した。

ついには、足を開きながら、タイトミニ越しに下腹部をぎゅうと手で押した。

「ああうぅぅ」

康子は悩ましい声を洩らして、顔をのけぞらせた。そのまま、タイトミニをつかんで、ずりあげる。

スカートの裾があがって、黒いストッキングに包まれた太腿があらわになり、足は直角ほどにも開く。

見えた……！

太腿の奥に、赤いレースのパンティが見える。不思議なのは、赤いパンティの基底部から黒々とした繊毛がのぞいていることだ。

（うん、もしかしてオープンクロッチか？）

泰三はついつい姿勢を低くして、太腿の奥を凝視してしまう。

「そんなに見たいの？」

やけに色っぽくて、挑発的な言い方だ。これが、康子が考えたキャラクターなのだろう。

泰三は誘惑される男を演じる。

「ああ、見たいね」

「いいわよ、来て」

泰三はふらふらと近づいていき、前にしゃがんだ。

「触って」

と、康子が甘く囁いて、媚びた甘えるような目を向けてきた。

思っていた以上に様になっている。

すらりとした足を片方、座面にあげさせる。

やはり、オープンクロッチパンティだった。

赤い総レースのハイレグパンティの中心部がひろく開口していて、漆黒の翳りがのぞき、淫らな雌花が咲き誇っている。見とれていると、

「課長さん、舐めて……」

康子がねだってくる。

ドキッとした。まさか、泰三は会社員で、ほんとうは飲料メーカーの経理部の課長だと知っているのか――。

しかし、素性は絶対にばれないようにガードしているから、まずそれはない。だとしたら、康子は自分の役作りの上で、泰三が自分の上司で課長というふうに設定しているのだろう。その上司を誘惑しようとするシチュエーションに違いない。

(よし、期待に応えてやろうじゃないか)

泰三は顔を寄せて、クロッチからはみ出している花芯の溝を舐めた。長い舌が粘膜をぬるぬるっとなぞりあげていって、

「はあんんん……!」

康子が顔をのけぞらせる。

レースの赤いパンティの肝心な部分が開いていて、そこから二枚のびらびらがあらわになっている。

肉びらの狭間に何度も舌を走らせると、そこは一気に潤ってきて、

「ぁあああ、ああうぅぅ……気持ちいい。課長さんの舌で、イキそうになるぅ」

そう言って、康子はぐいぐいと下腹部を擦りつけてくる。

泰三もその迫真の演技に巻き込まれていった。いや、それは演技ではないのかもしれない。康子は心から快感を味わっているようにも見える。

陰毛の流れ込むあたりに、包皮に覆われたクリトリスがツンと頭を擡げていた。

その皮を剝いて、珊瑚色の本体をちろちろと舐めると、

「ぁあああ、ああうぅ……いいの。課長さん、気持ちいいよ。へんになる。へんになっちゃう」

康子が恥丘を擦りつけてきた。

（エロいじゃないか……どうして、この女の前でＥＤになってしまうんだ？）

泰三が一心不乱にクリトリスを舐めていると、

「ぁあん、課長さん、下ばっかりじゃ、いや……胸も触ってください。オッパイを揉んでぇ」

甘えた声でせがんできた。

「しょうがないな。まいっちゃうよ、きみには」

泰三も課長役を演じて、顔をあげた。目の前に、白いブラウスを持ちあげた丸々としたふくらみがせまり、ぽつんとした突起がせりだしている。

突起に舌を走らせるうちに、唾液を吸った白い布地から、薄茶色の乳首がそれとわかるほどに透け出して、そこを舌で弾くと、

「ぁああ！　課長さん、それいい。乳首、気持ちいい……ああ、もっと、もっとして」

康子は心から感じているという声をあげながら、右手を伸ばして、ナイトウエアの前からイチモツをつかんだ。

いきりたっているものを握って、

「ぁああん、すごい。おチンチンってこんなに硬くなるのね。すごいよ、カチンカチン」

情熱的にしごく。

「おおぅ、くっ……」

泰三はうねりあがる快感をこらえ、ブラウス越しに乳首を指でつまんで、転がした。

「ぁあぁ、ねえ、じかに触って」

康子に言われて、泰三はボタンを外し、ブラウスをはだける。

転げ出てきた乳房はお椀をくっつけたように丸々として、思わず鷲づかみしてしまった。

「ぁああん、課長さんったら、乱暴なんだから」

康子は頬をふくらませて、泰三をにらみつけながらも、勃起を握りしごいてくる。

「ああぁ、くっ……」

湧きあがる快感をこらえながら、泰三がじかに乳首を捏ねると、

「ぁあぁ、気持ちいい。乳首が熱いよ。ねえ、欲しくなった。課長さんのこれが欲しくて、我慢できない」

康子はもどかしそうに肉棹を握ってしごき、切ない目で見あげてきた。

2

ライティングデスクの椅子に座った康子の前に、泰三は仁王立ちして、ナイトウエアをはだける。

すると、康子が腰かけたまま前傾して、いきりたつものを頬張ってきた。途中まで唇をかぶせて、ゆっくりと顔を打ち振る。

そのたびに、柔らかな唇が表面を擦って、甘い掻痒感がひろがってくる。

ぐちゅ、ぐちゅといやらしい唾音がして、康子の唇がすべり動く。

OLの格好をして、乳房をあらわにしながらも、上司にご奉仕している知性派美人——。

ふっくらとした唇が肉棹にまとわりつき、Oの字に開いた唇が小陰唇そのものに見えて、泰三はペニスをオマ×コに差し込んでいるような錯覚におちいる。

ジュルル、ジュルルと唾液を啜りながら、康子は唇をすべらせる。

徐々に勢いがつき、ついには深く咥える。根元までおさめて、そこでねろねろと舌をからませてくる。

「おおぅ、谷口くんがこんなにフェラ好きだったとは意外だな。こんなことなら、もっと早くおチンチンを咥えてもらえばよかった。セクハラだと訴えられるのが怖くてね」

　バカな課長役を演じて言うと、康子は頬張ったまま顔を傾けた。

　片方の頬がリスの頬袋のようにぷっくりとふくらみ、康子が顔を振るたびに、ふくらみが移動する。

「ハミガキフェラか。たまらんな、谷口くんは」

　康子は見あげて微笑み、逆側に顔を傾ける。

　今度は、反対側がリスの頬袋のようにぷっくりとふくらみ、それが移動する。じつにエロい。

　これで、『妻だけＥＤ』などと言うのは、あり得ないだろう。

　おそらく、谷口夫婦も最初は新鮮で、嬉々としてセックスしていたはずだ。

　慣れとは恐ろしい。セックスの最大の敵はマンネリである。とくに男性は、同じ行為を繰り返していると、飽きてしまうのだ。

　康子がまっすぐ咥えて、

「んっ、んっ、んっ……」

　つづけざまに激しく、擦りあげてきた。

「おおぅ、くっ……よせ。出てしまう」

ぎりぎりで訴えると、康子はちゅるっと吐き出して、亀頭冠の真裏にちろちろと舌を這わせる。

そうしながら、うるうるした目で見あげてくる。

（かわいいな……！）

康子は右手を動員して、根元を握った。ぎゅっ、ぎゅっとしごきつつ、それと同じリズムで唇を往復させる。

敏感な亀頭冠をなめらかな唇と舌で包まれ、摩擦されると、えも言われぬ快感がせりあがってきた。

「おおぅ、たまらんよ」

思わず訴えた。

すると、康子は左手も動員して、睾丸袋をやわやわとあやし、キンタマをお手玉でもするようにぽんぽんする。

そうしながら、根元を激しく握りしごかれ、亀頭冠を唇で擦られると、さすがにもう我慢できなくなって、

「ダメだ。谷口くんとしたい。オマ×コしたい」

訴える。

康子は微笑んで、ちゅるっと肉棹を吐き出した。

それから、ライティングデスクにつかまって、尻をぐいと突き出してくる。

ミニスカートをめくりあげると、赤いパンティの開口部から、女の花園が姿を見せた。

泰三は、いきりたっている肉の柱を、オープンクロッチパンティの開口部に添える。

康子の恥肉はすでにぬるぬるで、あさましく内部の赤みをのぞかせている。

じっくりと押し込んでいくと、とても窮屈な肉の道がひろがっていって、

「はううぅぅ！」

康子がデスクをつかんで、のけぞった。

「くうぅ、キツキツだ」

泰三はもたらされる歓喜を歯を食いしばってこらえる。

クライアントの夫によると、妻のオマ×コはゆるいということだが、まったく違う。むしろ、キツキツで窮屈だ。どんなサイズのペニスにもフィットしそうである。

（なるほど。そうすると、精神的なものが影響しているんだろうな。康子さん自身がその気になっていないんだ）

泰三はタイトミニをめくりあげ、尻をつかみ寄せながら、ゆったりとしたストロークで突く。とろとろに蕩けた粘膜が怒張を包み込んできて、なかなか具合がいい。

康子は感じているのか、

「ああん、あん、あんっ」

低い声をあげて、背中を弓なりに反らせる。

泰三は前に屈んで、はだけたブラウスの隙間から、乳房を揉んだ。

柔らかな肉層を堪能しつつ、中心の突起をいじると、

「ぁああん、課長さん、エッチなんだから」

康子が演技をする。

「まったく、きみがこんなに好きモノだったとはね。部下たちは、きみが真面目そうに見えて、隙がないから手を出せないと言っていたぞ。今度、隙を見せてやったらどうだ？」

「そんなぁ、わたしが隙を見せるのは、課長さんだけです。女心がわからないん

だから」

康子がくなっと腰をよじった。

「そうか……そんなに俺が好きか？」

「はい、大好き」

いくら演技だとわかっていても、そこまで言われると、その気になってしまう。

泰三は康子の右腕をつかんで、後ろに引っ張った。

そのまま連続して、深いところに叩き込むと、

「あんっ、あんっ、あんっ」

康子はつづけざまに喘いで、膝をがくがくさせる。

挿入したまま、康子を押して、大きな窓の前まで連れていき、カーテンを開けた。

目の前に、東京の夜景がひろがり、ガラスには二人の姿が映り込んでいる。

「ほら、二人がいるな。こうすると……」

はだけたブラウスの隙間から乳房をつかんで、荒々しく揉んだ。すると、仄白いふくらみが形を変えて、指にまとわりついてくる。

「そうら、どうだ?」

「ぁああ、可哀相……わたし、可哀相……課長さんがいけないの……」

「そうだ。すべて俺のせいだ。きみは悪くない」

乳房を揉みしだいて、後ろから突きあげると、

「あんっ、あんっ」

康子は喘ぎながら、窓に映った自分をじっと見ている。

泰三はブラウスを脱がせて、上半身裸の康子を窓と向かい合わせ、乳房を揉みしだいた。

そうしながら、後ろからの立ちマンでぐいぐい突きあげる。

「いやん、いやん、いやん……」

康子は手をガラスに突き、腰を大きく後ろに突き出して、窓のなかの自分を時々、ちらっ、ちらっと見ては、

「ぁああ、恥(は)ずかしい」

ぼうっと恍惚(こうこつ)とした顔をする。

自己愛の強いナルシストなのだろう。マゾ的なところもある。

康子を押して、胸を窓に押しつけると、

「ぁああ、いやっ……」

首を左右に振った。

康子は両手をあげた状態で、左右の乳房をぴたりとガラスに密着させて、突き出した尻の底に怒張が嵌め込まれている。

「外から見たら、きみのオッパイがクラゲみたいに丸くくっついているのが見えるだろうな。真ん中に目のような乳首が見えるはずだ」

「ぁああ、課長さんったら……ほんとうにヘンタイなんだから。何かあったら、責任取ってくださいよ」

「オッパイは見えても、誰かはわからない。心配するな。みんなに見せてやれ」

後ろからガンガン突くと、

「あんっ、あんっ、あんっ」

康子が甲高い声で喘いだ。

尻をつかみ寄せ、激しく乱打する。

つづけざまに力強く叩き込むと、康子はオッパイをガラスに擦りつけながら、腰を後ろに突き出して、

「あんっ、あんっ……へんよ、へん……イキそう。もうイッちゃう……」

ガラスをつかむ指に力を込める。

黒いタイトミニはめくれあがり、赤いオープンクロッチの開口部に、蜜にまみれた肉棹が出入りしているのが、はっきりと見える。

「そうら、イケよ。イキなさい。ふん、ふん」

「ぁああ、イク、イク、イキますぅ……あはっ！」

康子はのけぞって、ガラスに乳房を強く密着させる。それから、がくん、がくんと躍りあがった。

泰三はふらふらの康子を、後ろからつながったままベッドへと押していく。いったん結合を外して、康子をベッドに仰向けに寝かせた。

ミニスカートを脱がしたが、ハイヒールはそのままだ。

「ヒールも脱ぎたい」

康子が言う。

「ダメだ。ヒールは履いたままだ。ストッキングにパンティもこのままだ」

「ああん、もう課長さん……ほんとうにいやらしいんだから」

「そうだよ。オジサンはいやらしいんだ。ハイヒールはなるべく脱げないようにするんだよ」

泰三は足の間にしゃがんで、クンニをする。

膝裏をつかんで持ちあげながら開かせると、赤いパンティの開口部から漆黒の翳りとともに、赤い粘膜がのぞく。

両足には黒いハイヒールが光沢を放ち、細いヒールが禍々しい。

泰三はとろとろの粘膜を舐め、クリトリスを舌で弾いた。

「あんっ、あんっ」

康子はハイヒールを履いた足を持ちあげて、快感そのままに足首を曲げる。

丹念に肉芽を頬張り、狭間を舐めていると、康子はぐいぐいと下腹部をせりあげて、

「ぁああ、もう我慢できない。してよ。課長さんしてよ。チンポが欲しい」

とろんとした目で訴えてくる。

こうまで請われては、思う存分にイカせてあげたい。

いきりたちを膣口に押しつけて、ゆっくりと突き刺していく。硬直がとても窮屈なところを押し広げていく感触があって、

「はうぅぅ……！」

康子がのけぞった。

（襞がからみついてくる。名器じゃないか……これで、相手が妻だとEDになるというのが信じられない）

泰三は慎重に抜き差しをする。膝の裏をつかんで押し広げながら、ぐいぐいと差し込んでいくと、

「あっ、あっ……」

康子は顎をせりあげて、顔をのけぞらせる。

持ちあげた足の先で、脱げかけたハイヒールがぶらぶら揺れている。

太腿までの黒いストッキングに赤いオープンクロッチパンティ、開口部には自分の硬直が深々と嵌まっている……。

ぐさっ、ぐさっと突き刺し、途中からしゃくりあげた。それを繰り返していると、粘膜が隙間なくからみついてきて、ジーンとした熱い快感がうねりあがってくる。

（おおぅ、気持ちがいい。たまらん！）

思わず奥歯を食いしばったとき、康子が言った。

「あの……そこのスマホでハメ撮りをしていただけませんか？」

「えっ……？」

「そこに置いてあるだけでは、よく撮れないと思うんです。だから、スマホを持ってハメ撮りをしてください。お願い、課長さん。わたしの恥ずかしいところをきっちり撮ってください」

「いいのか？」

「いいから、言ってるんです。早く！」

康子がせがんでくる。

「わかった」

願ってもない要請だった。泰三もハメ撮りをやりたかった。

いったん結合を外し、撮影中のスマホを持ってきて、レンズを康子に向ける。

画面には、今撮っている映像がそのまま出てくるから、非常に便利だ。

ベッドの上で、膝を閉じてこちらを見る康子の姿が、たまらなくエロい。

右手でスマホを構えて、左手で勃起を導くと、康子が挿入しやすいように足を開いてくれる。

画面と実際の光景を両方見ながら押し込んでいくと、屹立(きつりつ)がぬるぬるっとすべり込んでいって、

「はうぅぅ……！」

康子がのけぞった。

「おぅ、入ってるぞ」

スマホを下に向けて、挿入部分を撮りながら、ピストンしてみた。

すると画面には、抜き差ししているところが、現実よりはっきりと映って、泰三はひどく昂奮してしまった。

スマホでハメ撮りしながら、左手で膝の裏をつかんで押し広げる。

漆黒の翳りの底に自分のイチモツが出入りして、淫らな蜜がすくいだされ、

「あんっ、あんん……気持ちいい。課長さんのチンポがずぶずぶ犯してくる。いやっ、いやっ……撮らないで。恥ずかしいところを撮らないで」

康子が見あげて、顔を左右に振る。なかなかの演技だ。

泰三はスマホを局部からあげていき、康子の恥ずかしがっている表情を撮影する。

動画だから、康子の声もすべて録音されている。

「ああんっ、顔は撮らないで……」

康子が両手で顔を隠した。

「顔を見せなさい」

そう言って、激しくストロークすると、切っ先が奥まで押し広げていって、

「あんっ、あんっ、あんっ……ぁああ、もうダメっ」

康子が手を顔から離して、シーツを鷲づかみにした。

（ううむ、これはたまらんな）

ハメ撮りは、男もかなり昂奮する。

（亭主もハメ撮りをすれば、妻だけＥＤなんてことは、簡単に解消できるはずなのに……）

これは夫に提案してみようと頭に叩き込みつつ、打ち込んでいると、

「上になりたい。上になって腰を振るところを撮ってほしい」

康子が提案してきた。

「それは面白そうだ。そのほうがばっちり撮れるかもしれない。顔を撮ってもいいんだね？」

康子がうなずく。

泰三が仰臥（ぎょうが）すると、康子はハイヒールを脱いで、またがってきた。

すらりとした足を大きく開いて、いきりたちを迎え入れ、ゆっくりと沈み込んでくる。

勃起が奥まですべり込んでいって、

「はうぅぅ……」

康子が上体をまっすぐに伸ばした。

「ああ、気持ちいいわ。勝手に動くの、わたしの腰が勝手に……ああっ、ぐりぐりしてくる」

康子はそう言いながら、腰を前後に揺すって、濡れ溝を擦りつけてくる。

下になった泰三は両手が使えるから、自在にスマホを操れる。

眉を八の字にした顔から、乳房、揺れる腰、肉棹が嵌まっている箇所へと、スマホのレンズの向きをおろしていく。

むちむちした裸身が見事に撮れている。赤いパンティの開口部に肉柱が突き刺さって、腰をつかうたびに見え隠れする。

康子が後ろに両手を突いて、のけぞるようにして膝を立てて開いた。すると、翳りの底に肉の塔が出入りするシーンが、ばっちり撮れた。

「よく撮れてるぞ。あとで見せてやる」

「ああ、恥ずかしい……わたし、こんなになって恥ずかしい……ああ、気持ちいい」

康子はますます大きく腰をつかった。

「いいんだ、もっと気持ち良くなって」

「ぁああ、気持ちいい。おかしくなる。へんなの、へんなの……」

ついに康子が腰を縦につかいはじめた。スクワットをするように腰を上下動させる。

ハメ撮りしながら、泰三がぐんっと腰を撥ねあげると、がつんと衝突して、

「イクぅ……！」

康子はのけぞり、がくんがくんと震えて、どっと前に突っ伏してきた。

3

十日後――。谷口康子が実践的性コンサルタントの泰三のもとを再度訪れた。

ホテルの部屋に現れた康子は、相変わらずの知性派美人で、この前、コスプレで見せた奔放な姿はとても想像できない。

「コスプレ効果はありましたか？」

訊くと、

「ありました。主人、俄然その気になって挑みかかってきました」

「よかった。じゃあ、『妻だけED』は克服したんですね？」

「それが……効果があったのは一度だけで、二度目はもう勃たなくて。主人、ものすごい飽き性で、どんなものでもほぼ三日したら飽きてしまうんです」

康子が悔しそうに唇を噛んだ。

「……それで、また新しいコスプレに挑戦してみようと思って……それを一度、吉増さんで試したいんです。そのほうが、主人を相手にしたときに、余裕が持てますから。よろしいですか？」

「いいですけど……今度はどんなコスプレを？」

「それは、見てのお楽しみということで。まず、シャワーを浴びてきますね」

康子が衣服を詰めたバッグとともに、バスルームに姿を消した。

（しかし、ご主人も飽きるのが早いな。彼の興味をつなぎとめておくのは、そうとう大変だぞ）

頭を悩ませていると、バスルームからコスプレ姿の康子が出てきた。

（こ、これは……！）

一目で、旅客機の客室乗務員、つまりＣＡの格好であることがわかった。

濃紺に赤い縁取りのあるジャケットを着て、首にはカラフルなスカーフを結んでいる。バックベンツの入った膝上のスカートで、透過性の強い黒のパンティストッキングと、ヒール高めのパンプスがすらりとした脚線美を際立たせていた。

「いかがですか？」

　康子はいかにもＣＡらしく両手をスカートの前で組んで、にっこりした。

「似合う、すごく。いや、お世辞じゃないよ」

「よかった。わたし、背が低いからほんとうはＣＡにはなれないんですが……直樹さんは仕事で飛行機を使うことが多くて、時々、ＣＡがどうだったって話していたから、挑戦してみました。これは、ネットで買ったコスプレ用の衣装なんです」

「へえ、よくできている。某大手航空会社のにそっくりだけどね」

「どうせなら、吉増さんも会社員の格好をしましょうよ。まずはお見合い席みたいに対面して座るのはどうですか？」

「ああ、やってみよう」

　お見合い席は、航空機に何カ所かある客とＣＡが対面して座る席だ。泰三も一度その席に座ったことがあるが、正直ドキドキした。

　泰三は急いで、ワイシャツにネクタイを締め、ズボンに革靴という普段の格好で、窓際の応接セットの片方の席に座った。

すると、康子が正面のソファ椅子に腰をおろした。

膝を揃えた足を斜めに流し、泰三を見て、微笑んだ。

やはり、康子には役者の才能がある。

ほんとうのCAと向かいあっているような気がして、早くも股間のイチモツが疼きだした。

そのあまりにも本物そっくりの姿に気押されていると、康子の足がひろがりはじめた。

さっきまできれいに斜めに流されていた足が少しずつ開いていって、膝の間から黒いパンストに包まれたむっちりとした太腿が見えた。

ついつい視線が吸い寄せられてしまう。

「お客さま、どこをご覧になっていらっしゃるんですか？」

CAに扮した康子に言われて、

「ああ、すみません」

泰三は謝って、頭をさげる。と、それを待っていたかのように康子の膝がガバッと開いた。

ほぼ直角までひろがった太腿の奥がかなり際どいところまでのぞいてしまい、泰三はドキッとしながらも、腰を前に押し出して、姿勢を低くする。見えた……直角にひろがった太腿の奥に、黒い渦巻きのようなものがパンストから透け出している。

「いやだわ、お客さま、そんなにここが気になられます？」

「ええ、すみません。すごく気になります」

「では特別ですよ。他のお客さまには絶対にしないことですから」

薄く微笑んで、康子はさらに大きく足をひろげ、パンストの上から基底部をなぞりはじめた。

中指が黒いパンスト越しに、ノーパンと思われる股間を撫でさすって、

「ぁああ……」

康子が艶めかしく喘ぐ。

「お客さまもご自分のものを……」

康子の視線がズボンの股間に落ちた。

泰三は急いでズボンとブリーフを脱いで、ソファに座り直し、いきりたつものを握りしごく。

するとそれを見ながら、康子は右手をパンストの上端から差し込んだ。漆黒の翳りが渦を巻いているところを指で上下に擦りあげては、

「お客さま、よろしかったら、ここを舐めてください。お願いします」

と、哀願してくる。

その潤みきった目がたまらなかった。

泰三は近づいていき、CAと化した康子の股ぐらに顔を埋めて、パンスト越しに貪りついた。

素材を感じながらも、そこを舐めあげると、

「ああ、お客さま、お上手です。欲しくなっちゃう。じかに欲しい」

そう言って、康子が自分でパンストをつかんで、引き破った。楕円形に大きく破れた黒いパンストの開口部に、黒々とした翳りが渦巻いている。

「舐めて、お願い」

康子にぐいと恥丘を突き出されると、もうやるしかなかった。

泰三は繊毛の流れ込むところにしゃぶりついた。

甘酸っぱい味覚を感じながら、ぬるっと舐めあげる。

「ああ……いい、いいの。もっとちょうだい」

康子がぐいぐいと恥丘を擦りつけてくる。

泰三は狭間の粘膜を舐め、上方の突起を吸った。

見あげると、制服のスカーフが目に飛び込んでくる。

ＣＡに扮した康子は、クンニされながら、泰三の勃起をいじっていたが、ついに、

「舐めたいの。席に着いてください」

対面席に模しているソファを指さした。

泰三が着席すると、康子が前にしゃがんだ。

いきりたっているものをそっと握って、ゆったりとしごき、

「お客さまのおチンチン、カチカチだわ。いけませんよ、ＣＡを見て、いけないことを考えていては」

スカーフを首に巻いた制服姿で見あげ、下を向き、ツーッと唾液を垂らす。

命中した唾液を手のひらで亀頭冠に塗り込み、もう一度落として、また全体に塗りひろげる。

それから、静かに亀頭部を舐めてきた。ぐるっと舌を走らせ、チュッ、チュッとキスを浴びせる。

ギンとした肉柱を腹に押しつけて、裏のほうに舌を這わせる。

裏筋をツーッ、ツーッと舐めあげられると、ぞくぞくするような戦慄(せんりつ)が湧きあがった。

裏筋をおりていった舌が睾丸袋にまでまとわりついてきたのには驚いた。

CAの制服姿でこんなことをされたら、男はイチコロだろう。もちろん、康子の夫も――。

(これだったら、彼もしばらくは飽きないいんじゃないか)

イケそうな気がする。

康子は睾丸袋の皺(しわ)をひとつひとつ伸ばすように丹念に舐めた。それから、裏筋をツーッと舐めあげて、上から頬張ってきた。

「んっ、んっ、んっ」

短いストロークで亀頭冠を中心にしごかれると、たちまち追い込まれそうになる。

康子は顔を振って、いきりたちをしごきながら、皺袋を手であやしてくる。

本物のCAにこんなことをされたら、たちまち昇天するだろう。

康子はいったん吐き出して、裏筋の発着点をちろちろしながら、気持ちいいかとても問いたげに、泰三を見あげてくる。

「気持ちいいよ。ＣＡさんにこんなことされるとは、夢のようですよ」

泰三も、つたない演技をする。

にこっと笑みを浮かべて、康子がまた上から唇をかぶせてきた。

今度は吸いあげてくる。

ジュルル、ジュルルといやらしい音を立てて、肉の塔を啜りあげながら、根元を指で握って、ぎゅっ、ぎゅっと搾りあげてくる。

これは効いた。

「ああ、ダメだ。ＣＡさん、出てしまう！」

思わず訴えると、康子はますます強烈にバキュームして、力強くしごきあげてくる。

（すごい……この人は普段はおくびにも出さないが、コスプレだと役になりきることができるのだ）

自分が夫で、こんなに愉しい女性を相手にしたらＥＤにはならない。なんとも勿体ないではないか。亭主はおそらく妻の秘めた力に気づいていない。引き出していないのだ――。

ジュルル、ジュルルと唾音とともに肉棹を吸い込んでいた康子が、ちゅっぱっと吐き出して、立ちあがった。

4

制服姿の康子が、ソファ椅子の座面に足をついて、またがってきた。いきりたつものをつかんで導き、濡れ溝に擦りつけ、ゆっくりと腰を落とす。ギンギンになった肉の柱がとても窮屈な膣口を押し広げて、ぬるぬるっと嵌まり込み、

「あうぅぅ……！」

康子が顔をのけぞらせる。

泰三も温かい肉の祠に包まれる悦びに、くっと奥歯を食いしばった。

康子がもう一刻も待てないとでもいうように、腰を前後に振りはじめた。

「ぁああ、いい……お客さまのチンポがなかをぐりぐりしてきます。ぁああ、オッきい。お客さまのオッきい……ぁあうぅぅ」

康子は両手で肩につかまり、ぐいぐいと濡れ溝を擦りつけてくる。

目の前で首に巻かれたカラフルなスカーフが躍っている。その上には、のけぞ

った顔が見える。

ジャケットの腕に紋章のようについた航空会社のエンブレムが、ＣＡを相手にしているのだという思いを強くさせる。

だが、これでは胸がまったく見えない。こうすればと、ジャケットのボタンを外していくと、白いブラウスがのぞいた。そのブラウスの胸ボタンも外してしまう。

ぶるんっとナマ乳がこぼれでてきた。つまり、康子はブラジャーをしていなかったのだ。

「よし、腰を振りながら、オッパイを揉みなさい」

言うと、康子が右手で乳房をつかんで、荒々しく揉みはじめた。

たわわなふくらみが揉みしだかれて形を変える。ピンクの乳首をほっそりした指がつまんで、くにくにと捏ねる。

きっとオナニーするときはこんな感じなのだろう。

康子は側面を擦り、トップをとんとん叩いては腰を振って、

「ぁああ、気持ちいい……気持ちいい」

心から感じているという声をあげる。

いまだにスカーフを首に巻きつき、その下にナマ乳がこぼれているという情景は、あまりにもエロすぎた。

（よし、ここは……）

泰三は乳首にしゃぶりついた。

乳首はすでに硬くしこっていて、そこを舐めたり、吸ったりすると、康子はますます激しく腰を振って、濡れ溝を擦りつけては、

「ぁああ、お客さまの舌、気持ちいいです……ぁああ、恥ずかしい。腰が勝手に動くのぉ」

そう言って、いっそう大きく腰を振る。

泰三もどんどん昂奮してきた。

それはそうだろう。いかにコスプレだとわかっていても、ほとんど実際のＣＡと同じ身形（みなり）の女性が、自分にまたがって思い切り腰を振っているのだ。

泰三はこぼれでている乳房をぐいぐいと揉み、乳首にしゃぶりついては吸う。

それを繰り返しているうちに、康子は昂（たかぶ）ってきたのか、キスを求めてきた。

泰三と舌をからめあいながら、もう我慢できないとばかりに、激しく腰を上下動させる。

あらわになった乳房を揉みしだきながら、泰三も突きあげてやる。下がってきた膣の奥に亀頭部がぶち当たって、

「ぁあぁん、いけません、お客さま……あんっ、あんっ、あんっ」

キスできなくなった康子が、顔をあげて喘ぐ。

縦運動をやめた康子は、屹立の先を子宮口に擦りつけるように腰を前後に揺すりながら、ぎゅっとしがみついてくる。

こうなると、泰三もソファの上だけでは、満足できなくなった。

「しっかりとつかまっていてください。立ちますよ」

尻をつかみ寄せて、エイヤッとばかりに立ちあがった。

駅弁ファックである。

「旅客機内の通路を、ＣＡを駅弁ファックして、歩いているんです。お客さんに丸見えですよ」

「ああ、いや……恥ずかしいわ」

康子がかわいく演技して、顔を肩に伏せる。

「そうは見えないな。むしろ悦んでいるでしょ」

そう言葉でなぶりながらも、必死につかまる康子をベッドまで連れていって、

おろした。

正常位でつながりながら、膝をつかんでぐいと押し広げる。

濃紺のスカートがまくれて、破れた黒いパンティストッキングの開口部に、漆黒の翳りがのぞき、いきりたつものが突き刺さっているのが、はっきりと見える。

上体を立てて、ぐいぐいと擦りあげると、雌芯(めしん)に蜜まみれのイチモツが出入りするさまを見た康子が、

「ぁああ、すごい。お客さまのチンポがこんなに激しく……ああ、もっと……わたしをメチャクチャにして！」

とろんとした目で訴えてくる。

もちろん、これはあくまでもコスプレだが、わかっていても、昂奮する。

膝裏をつかみ、ぐいと開きながら押しつけ、上から突き刺した。

ずんっと打ちおろして、途中からしゃくりあげる。

勃起が体内をえぐりながら、擦りあげていって、

「ぁああ、あああ、いいの。気持ちいい。お客さまのチンポ、えぐいです……ああ、突き刺さってくる。喉(のど)から出そうです。ぁああ……」

そう演技しながらも、康子は両手でシーツを鷲づかみしている。

調子に乗って、強く打ち込むと、

「あんっ……あんっ……！」

康子は顎をせりあげる。

打ち据えるたびにあらわになった乳房がぶるん、ぶるるんと波打って、顔の近くまで持ちあがった爪先が快楽そのままに、ぐっと反りかえり、すぐに内側に曲がる。

泰三は片方の足をつかんで、黒いパンストに包まれた爪先をしゃぶった。

「ああ、いけません。ＣＡの足などお舐めになってはいけません」

康子は親指を内側に折り曲げていたが、しゃぶるうちにまっすぐに伸びて、

「気持ちいい」

うっとりとして身を任せてくる。

足指をたっぷりと舐め終える頃には、康子はもう何がなんだかわからないといった様子で、さかんに顔を左右に振っていた。

泰三は足を放して、覆いかぶさっていく。

制服のジャケットとブラウスがはだけて、あらわになった乳房をつかみ、揉み

しだいた。

人妻CAの乳房は適度に柔らかく、たわわで、ピンクの乳首がいやらしくそそりたっている。

欲情に駆られた乳首だった。

泰三は乳首にしゃぶりついた。ぺろっと舐めると、

「ぁあああん……！」

康子が顎を高々とせりあげて、シーツをぎゅっと握りしめる。

首に巻かれたカラフルなスカーフが、いかにもCAっぽくて、男心をかきたてる。

泰三は、本職は経理部の課長だが、仕事で飛行機に搭乗することはまずない。しかし、プライベートの旅行ではよく使う。

着席してまずすることは、周囲のCAを観察して、お気に入りの女性がいるかどうかを確かめる。ひとりでもお気に入りのCAがいれば、フライトは愉しい時間になる。

左右の乳房を揉みしだき、片方の乳首を舌で転がし、吸う。

次は反対側の乳首にも同じような愛撫をする。

チューッと吸うと、

「ぁあんん……」

康子は甘く鼻を鳴らして、顔をのけぞらせる。

同時に、膣がぎゅっと締まってきて、泰三の分身は歓喜にむせぶ。

両方の乳首をたっぷりかわいがってから、顔をあげた。

片方の乳房を揉みしだきながら、ゆっくりとストロークする。

屹立が蕩けた粘膜を擦りあげていって、

「ぁああ、あああ……いいの。お客さま、気持ちいい。気持ちいいんです」

康子がうっとりとした顔で言う。

泰三は両手をあげさせて、上から押さえつけた。腋の下があらわになって、その乳房も腋もさらされた無防備な姿がたまらなかった。

覆いかぶさるようにして唇を奪った。

すぐに康子の舌がからみついてくる。

ディープキスをしながら、ゆっくりと腰を動かした。強くは突けないが、浅い抜き差しでも充分に気持ちがいい。

「んんっ、んんんっ……」

康子はくぐもった声を洩らしていたが、やがてキスしていられなくなったのか唇を離して、

「ぁああ、いいの……強く、強くください」

潤みきった瞳を向けてくる。

泰三は両手を頭上に押さえつけたまま、ぐいぐいと屹立を叩き込んだ。

「あんっ、ぁんっ、あんっ……いい、いいの……ぁああ、お客さま、もうダメっ。イキます。イキそうです！」

康子がぎりぎりの表情で、見あげてくる。

「いいんですよ。CAさん、イッてください。そうら、イクんだ」

泰三は両手を押さえつけ、体重を乗せたストロークをつづけざまに叩き込んだ。

足を大きくM字に開いた康子が、顎をせりあげて、

「イキます……イク、イク、イクぅ……！　はうっ！」

大きくのけぞって、がくんがくんと震えた。

絶頂から回復した康子の制服を脱がせた。首に巻いたスカーフはそのままで、

あとは、破れた黒いパンストも脱がさないでおく。

その格好でシックスナインをするように言うと、康子がおずおずと上になった。

ものすごい光景だった。

大きく楕円形に破れ、ところどころ伝線したパンストの開口部から、茶褐色の小さなアヌスと、その下の花園がはっきりと見える。

じかに尻たぶを撫でさすっていると、康子が勃起を頬張ってきた。

まだ射精に至っていない男根は鋭角にそそりたち、それを康子は嬉々として咥え込む。

ねっとりと舌をからめて、ゆったり唇をすべらせる。

イチモツがまた力を漲らせるのを感じながら、泰三も目の前の女の園に舌を這わせる。

切れ目に沿って、舐めあげて舐めおろすと、濡れた粘膜がまったりと舌にからみついてきて、

「んんんっ、んんんっ」

康子は咥えたまま、くぐもった声を洩らし、切なげに尻をよじった。

泰三が舐めおろしていき、下のほうの肉芽をちろちろと舌で横揺れさせると、

「んんっ……！」

康子は頰張りながらも、激しく尻を振って、もどかしそうに突き出してきた。

「CAさん、このまま、入れてもらえませんか」

言うと、康子はそのまま移動していき、後ろを向いたまま屹立を導き、ゆっくりと沈み込んできた。

破れたパンストからのぞくワレメに怒張が嵌まり込んでいって、

「ぁあああ……！」

康子は心底、気持ちいいという声をあげて、ぶるぶると腰を震わせる。

もう一刻も待てないとばかりに、尻をぐいぐいと前後に振って、屹立を揉み込んでくる。

破れて伝線したパンストからこぼれたナマ尻が、こちらに向かって突き出され、その迫力にイチモツはますますギンとなる。

「足を舐めていただけませんか？」

思い切って頼むと、康子は少しためらってから、ぐっと前屈して、向こう脛を舐めてきた。

なめらかな舌が脛をすべっていくと、ぞわぞわした快感がひろがってくる。視覚と触感の両方が満たされている。

乳房の先が太腿に触れる。その硬くなった乳首の感触がたまらない。視覚と触感の両方が満たされている。

しかも、康子は足を舐めながら同時に腰を動かすので、膣がイチモツを締めつけながら、擦ってくるのだ。

泰三は我慢できなくなって、尻をつかんで揺すりながら、腰を跳ねあげてやる。

ぐさっ、ぐさっと硬直が膣に突き刺さって、奥を捏ね、

「ぁあああ、お客さま、イケません。こんなことをなさっては……ぁああ、あんっ、あんっ」

康子が上体をすこしあげた。

それから、打ち込みに合わせて、尻を縦に振る。

尻が振りおろされる瞬間にぐいっと突きあげると、奥でジャストミートして、

「ぁあああ……！」

康子は動きを止めて、ぷるぷると震える。

しばらくすると、また自分から腰を振って、

た。

「もっとちょうだい」

と、おねだりしてきた。

康子が突き刺さっている肉棹を回転軸にして、ゆっくりとまわり、正面を向いた。

間近で目にするその姿に昂奮してしまった。

康子は首にカラフルなＣＡのスカーフを巻き、破れたパンストを穿いているが、あとは裸だ。

先の尖った乳房が生意気そうに上を向き、ウエストは見事にくびれて、そこから急速に腰がひろがっている。

そして、開口部からのぞく翳りの底には、泰三の男根が奥まで嵌まり込んでいる。

もう康子もイキたくてしようがないのだろう。

大胆に膝を立てて、Ｍ字に開いた。両手を後ろに突いて、身体を反らし、全身を振るようにして、肉棹を自らの膣でしごいて、

「気持ちいいですか？」

ＣＡの口調で訊いてくる。

「ああ、気持ちいいよ。きみのオマ×コは最高に具合がいい」

「ああ、うれしい……お客さまのチンポも最高ですよ……気持ちいい」

康子は上体を立てて、腰を前後左右に振った。

それから、やや前屈して、腰を縦に振りはじめる。

大きくあげて、トップから急速に振りおろしてくる。

縦運動をつづけて、パチン、パチンと音が爆(は)ぜ、

「あんっ、あんっ、あんっ」

康子は甲高い声で喘ぐ。

腹の上で躍りあがるたびに乳房が縦に大きく波打ち、スカーフも揺れる。

そして、破れたパンストからのぞく膣口に自分のイチモツが激しく出入りしている。

康子が手を差し出してきたので、指をからませる。両手を下から支えられた康子は、そのまま大きく腰を上下動させていたが、やがて、

「あっ……！」

操り人形の糸が切れたようにがくがくっとなって、突っ伏してきた。

気を遣(や)ったのだろうか——。

しばらくじっとしていると、腰がもぞもぞしはじめた。

最後にやってみたいことがあった。

康子を立たせて、自分もベッドを降り、ホテルの窓際まで連れて行く。

カーテンを開けると、間近に東京タワーが見えた。もう営業時間は終わっているから、客はいないはずだ。

赤い照明に浮かびあがった東京タワーを見ながら、康子を窓に両手を突く形で立たせた。

外よりなかのほうが明るいから、ガラスが鏡のようになって、二人の姿を映している。

「何が見える？」

「ああ、恥ずかしい格好のわたしが見えます」

「このまま、立ちバックでCAさんを……いいね？」

康子がうなずいた。

尻を引き寄せて、いきりたつものを押し込んだ。

「ぁあああ……！」

「すごい締めつけだ。ぎゅんぎゅん締まってくる」

腰をつかみ寄せて、つづけざまに突くと、康子はガラスに映ったもうひとりの自分を見ながら、

「あんっ、あんっ……」

と喘ぎ、ガラスのなかの泰三をとろんとした目で見る。

「ああ、たまらない。そのＣＡさんの目がたまらない。いくぞ！」

たてつづけに打ち据えたとき、

「ああん、あんっ……イキます。やぁあああ、くっ……」

康子が昇りつめ、その直後、泰三も派手に男液をしぶかせていた。

5

ピンクのナース服を着た谷口康子がベッドに這い、夫の直樹が後ろから挿入して、腰をつかっている。

そして、泰三はそのシーンを康子のスマホで動画撮影している。

あれから、康子が夫にＣＡコスプレを試したところ、たいそう効果があり、一カ月は持続したと言う。

その後、直樹が康子のスマホに保存してあった動画を見て、怒るどころかひど

く昂奮して、二人のセックスを泰三に撮ってもらおうということになった。

実践的性コンサルタントの泰三は、仕事としてそれを引き受けた。

これで『妻だけＥＤ』が解消するなら、本望である。

美貌のナースを医師が犯しているという設定らしく、康子はナース服を着て、頭にナースキャップをかぶっていた。

現在、ナースキャップをつける医療機関は少なくなったが、このほうが感じが出るのだという。それは泰三にもわかる。

そして、康子は白いオープンクロッチのパンストを穿いていて、剝きだしになった尻の底に、直樹のイチモツが抜き差しされている。

直樹は感じを出すために、医師用の白衣を裸にはおっていて、泰三はまるでＡＶでも撮っているような気持ちになっている。

白いオープンクロッチのパンストからこぼれでた尻に、下腹部をぶち当てるようにピストンされて、

「あんっ、あんっ、あんっ……ああ、先生、気持ちいい。先生のオッきくて、わたし、おかしくなる。あん、あん、あんっ……」

ナースに扮した康子が喘ぎ、蝶にも似たナースキャップが躍っている。

スマホの画面と現実を交互に見ながら、泰三はそのシーンを撮影する。

康子の迫真の演技に、股間のものが頭を擡げてきた。すると、それに気づいたのか、直樹が言った。

「あなたも参加してください。この前、ハメ撮りしてたでしょ。あれを見てすごく昂奮して、自分でもやってみました。康子にフェラさせて、そこを撮ってくださいよ」

「いいんですか？」

「いいから言ってるんです。ジェラシーは性のエネルギーですよ。お願いします」

「わかった」

最近は、セックスの際に動画を撮る人が多いようだ。

以前、村井啓介・美里夫婦がクライアントのとき、当人たちの要望で、やはり動画を撮った。

当初は、マグロ状態の妻に性テクニックを教え込んで欲しいという依頼だったが、実際は夫の性嗜好である、ネトラレを満たすために、泰三はいわば当て馬として利用されたのだった。

最後は3Pまで付き合わされて、夫の前で妻を抱く役目を果たしたが、その際もスマホで録画した。映像がもたらす効果は絶大だった。結果的にクライアントも満足して、泰三は性コンサルタントの仕事をやりとげられた。

3Pをしても、泰三は不細工(ぶさいく)な顔をしているから、他の男にとっては、女を奪われるという危機感はないのだろう——。

泰三は康子の前にまわって、足を開いて両膝立ちする。

しゃぶりやすいようにガウンを脱ぐ。勃起が鋭角にそそりたち、それを見た康子はちらりと見あげ、にこっとした。

顔を寄せて、すぐさま頬張ってきた。

一気に奥まで咥えて、ゆったりと顔を打ち振る。

その際、全身を使ってストロークするので、尻も動いて、夫のイチモツを膣が擦りつける。

「んんっ、んんんっ……」

康子は顔を打ち振りながら、気持ち良さそうな声を洩らした。

妻の様子を見て、直樹も昂奮したようだ。尻をつかみ寄せて、イチモツを打ち込んでいく。

「んっ、んっ、んっ……」

康子は湧きあがる快感をぶつけるように唇をすべらせる。

「おおぅ、たまらない」

勃起を唇でしごかれて、呻きながらも、泰三はそのシーンをスマホで撮影する。

ナース服姿の康子が、後ろから夫に貫かれ、泰三のペニスを咥えて顔を打ち振っている。康子の頭に載ったナースキャップが大きく揺れる。

康子は撮られていることを意識して、時々、ちらっと見あげてくる。

上目遣いが愛らしい。

昂った直樹が、後ろからがんがん突いた。

「んんっ……んんっ……ああ、無理です。もう咥えていられない」

康子が吐き出して、喘いだ。

「ダメだろ。ほら、患者さんのチンコを咥えるんだよ。いやらしいパンスト穿きやがって……これでいつも患者を誘惑していたんだろう。とんでもない淫乱ナースだな。咥えろよ」

夫の直樹に叱責されて、康子はふたたび泰三の勃起を頬張ってくる。

咥えながら横を向いたので、亀頭部が口腔の粘膜を擦って、片方の頬が異様にふくらんだ。

それを自覚しているのか、ハミガキフェラをしながら、康子はスマホを見あげてくる。

その明らかなカメラ目線が途轍もなくいやらしかった。

顔を右に左に傾けてのハミガキフェラを終えて、まっすぐに咥えてきた。

「んっ、んっ、んっ」

つづけざまに唇を往復されると、熱い痺れにも似た快感がふくらんでくる。

と、直樹が言った。

「あんた、代わってくれ」

「はっ？」

「あんたがバックから嵌めて、俺のをしゃぶらせる。いいから、代わってくれ……その前に、康子はナース服を脱げ！」

夫に指示されて、康子が服を脱いだ。

白いオープンクロッチのパンストに、ピンクのナースキャップだけを裸身につけている。

後ろにまわると、蒸れ防止用パンストは前も後ろも大きく開いていて、茶褐色のアヌスと、その下の濡れた花も丸見えだった。

「ぁああ、患者さんに見られるなんて、恥ずかしいわ」

康子がくなっと腰をよじった。

「スマホを貸してくれ。今度は俺が撮る。あんた、いいよ、入れて」

直樹がスマホを構える。やはり、この男もネトラレが入っているようだ。

もっとも、それで『妻だけＥＤ』が治るなら、よしとすべきだろう。

直樹がスマホを向けて固唾を呑んでいる。

泰三はいきりたつものを切れ目に押し当てて、慎重に押し込んでいく。ぬるぬるっと、先端が細い道を押し広げていって、

「はうぅぅ……！」

康子が背中を弓なりに反らせ、ナースキャップを揺らす。

「おおぅ、締まってくる。看護師さんのオマ×コが、ぐいぐい締めつけてくる」

泰三も演技をする。締まりがいいのは、事実である。

まったりとした粘膜がからみついてきて、抜き差しをしていてもひどく気持ちがいい。

ナースキャップが揺れて、いかにもナースを相手にしているという実感があり、泰三も高まる。

「あんっ、あんっ……」

康子の喘ぎが部屋に響きわたる。泰三がバックから打ち込む結合部分を夫の直樹が目をギラつかせて、嬉々として撮影している。

村井啓介・美里夫婦とも3Pをしたが、夫は完全にネトラレだった。それと同様のパターンで、どうやら最近は、男の性も屈折してきているのか――。

後ろからがんがん突くと、

「あんっ、あんっ、あんっ」

康子がいい声で鳴く。

ねっとりとした膣の粘膜が勃起にからみついてきて、ひどく気持ちがいい。

やはり康子も、夫の前でほかの男に犯されて、昂奮しているのだろう。

直樹が前にまわって、両膝を突き、いきりたっているものを妻に咥えさせた。

泰三がストロークをやめて様子を見ていると、直樹はギンギンのものを康子の口にぐいぐいと押し込んでいる。

「気持ちいいか、康子？　二人に上と下の口を突かれて気持ちいいだろう」

康子が頬張ったまま、こくこくとうなずいた。

それを見ていて、泰三もまたストロークを再開する。

ゆっくりと奥まで差し込み、そのピッチを徐々にあげていく。

「んっ……んっ……！」

康子は呻きながらも、ジュルルと夫の分身を啜りあげ、

「んっ、んっ……」

と、顔を打ち振る。そのたびに、ナースキャップが揺れて、本物のナースとセックスしているような錯覚におちいる。

「ほんとうに貪欲（どんよく）なナースだな、お前は。医者と患者にやられて、よがっている。よし、患者と二人でやれ。証拠のビデオを撮っておくから」

直樹が離れた。泰三は一応訊いてみた。

「いいんですか？」

「もちろん。あんたは俺の『妻だけＥＤ』を治してくれた人だからな。それに、うちのもあんたとするのが愉しいらしい。最後に、しっかりと康子をイカせてやってくれ」

そこまで言われれば、泰三もその気になる。

いったん結合を外して、康子を仰向けに寝かせた。

白いオープンクロッチのパンストは前も後ろも大きく開いていて、漆黒の翳りがいっそういやらしい。

赤い粘膜をのぞかせるワレメに打ち込むと、ぬるぬるっと嵌まり込み、

「ぁあああ……！」

康子がシーツを握りしめた。

覆いかぶさっていき、乳房を揉みしだいた。乳首を舐め転がし、その間もイチモツで膣を擦りあげる。

そうするうちに、撮影されていることも気にならなくなり、気づいたときはキスしていた。

キスをしながら、屹立を叩き込んでいると、泰三自身も高まり、康子もくぐもった声を洩らしつつ、切羽詰まってきたのがわかる。

唇を離して、上体を立てた。

膝の裏をつかんで、押し広げながら、ぐいぐいとえぐりたてる。

「ぁああ、ああ……イキそう。直樹さん、わたしイクよ」

康子がとろんとした目で夫を見た。

「いいぞ。イカせてもらえ」

「はい……ぁああ、あんっ、あんっ……イク、イク、イッちゃう！」

「そうら、イケぇ」

「イクぅ……！」

康子がのけぞるのを見て、泰三も白濁液を乳房に向けて放っていた。

第五章　恋（こ）い焦（こ）がれる女を三所攻（みところぜ）め

1

吉増泰三は新たなクライアントのプロフィールを見たときから、もしかしたら、自分が勤める飲料メーカーの長瀬扶美（ながせふみ）ではないか——という思いを拭（ぬぐ）えないでいた。

その依頼主は、『長野芙美（ながのふみ）、三十五歳、会社員』とあった。

長瀬扶美は、商品開発部の主任をしている才色兼備なキャリアウーマン。じつは泰三が以前から片思いをしている女性だった。長瀬扶美も『年齢三十五歳、会社員』で依頼主と同じである。

本名を出すことをためらい、偽名を使って性コンサルタントを受けるクライアントは多い。長瀬扶美を「長野芙美」とするのは、絵に描いたような偽名の作り方である。

相談欄には、美しく修飾された文章が書いてあったが、要約すると、『セックスでイクことができない』という悩みだった。

――いつの頃からか、感じる演技や、オルガスムスを迎えたふりをするようになり、相手の男性がそれを信じてしまい、悪循環におちいってしまっている。

何度かプロポーズもされたが、悶々とした夜の夫婦生活を送ることを想像しただけで、憂鬱になってしまい、結局は受けることができなかった。

ビジネス面では責任のある仕事を任されていることもあって、それなりの収入はある。

このままいくと、未婚のまま歳をとっていきそうで、それは避けたい。

愛撫で感じるようになりたい。そして、オルガスムスを経験したい。そうなれば、結婚も視野に入ってくる。結婚はしたい――

メールの遣り取りをしながら、この依頼主は、長野芙美＝長瀬扶美である可能性を考えた。八割方はそうではないかと思った。

しかし、断定はできない。

それに、同じ会社に勤めていて、なおかつ泰三がひそかに片思いをしている女性が、まさか自分に性の相談をしてくるなどとは、あまりにも都合がよすぎる。

なぜここを選んだのか、理由を訊くと、メールにはこう書いてあった。

『じつは、そちらでお世話になった永峰眞弓さんはわたしの大学の先輩で、今も友人です。この前、お逢いしたときに、眞弓さんからそちらのことをうかがいました。眞弓さんもわたしと同じような性の悩みを抱えていらして、それを実践的性治療で解消してもらったとお聞きしました。それで、こうしたご相談をしているわけです。できれば、眞弓さんになさった治療法をわたしにもしていただきたい』

なるほど、そういうことなら、と納得がいった。

しかし、それが長瀬扶美である証拠にはならない。それを知るには、逢って確かめるしかない。幸い、彼女も実践的施術を求めている。

問題なのは、実際に逢ったら、自分が同じ会社に勤めている社員であることがばれる可能性がある点だ。もちろん、彼女が長瀬扶美でなければ問題はないのだが……。

悩んだ末に、とにかく一度逢うことにした。

当日——。泰三は、いつも施術に使うホテルに行き、ロビーが見える場所に身を潜めていた。

そろそろ「長野芙美」が姿を見せる頃だ。彼女には、ルームナンバーを連絡するから、この時間にロビーで待っているように伝えてある。

泰三が物陰に隠れてうかがっていると、タイトなジャケットとスカートを身につけた、すらりとした体形の女性がやってきて、きょろきょろと周囲を見まわし、そこにあった椅子に腰をおろした。

セミロングの髪形をした美人の顔を、遠目ながらはっきりと見た瞬間、一気に頭の血が引いて、くらっとした。

鼻筋の通った美貌と、大きなアーモンド形の目、ふっくらとしたいかにも女性器の具合の良さそうな唇、抜群のプロポーションで、胸もヒップも大きく、とにかく足が長い。

（おいおいおい！　やっぱり長瀬扶美じゃないか……！）

頭のなかがぐるっと一回転して、もうひとつの世界へと落ち込んでしまったようだった。

少なからず予想はしていたが、まさか相談者がほんとうにあの長瀬扶美だとは——。

しばらくの間、呆然としてしまった。

きっとそこには、自分はこれから、あの片思いをつづけてきた長瀬扶美とセックスできるのだという、深い感慨があった。

徐々に冷静になってきた。

扶美に見つからないように、急いで反対側からエレベーターホールに向かい十八階に昇った。

依頼主が長瀬扶美であった場合を想定して、事前に考えた方法を取ることにした。

すでにチェックインを済ませている1803号室に入り、そこで、持参した赤い総レースのベビードールと、赤いアイマスクをベッドに置く。

目隠しをすれば、扶美には自分が同じ会社の経理部課長であることは、まずわからないはずだ。自分は彼女のことを意識していて、実際に何度かは顔を合わせている。しかし、扶美は会社でも多忙をきわめているから、ほとんど接することのない経理部課長のことなど、はっきりとは覚えていないだろう。

だから、目隠しをして視覚さえ奪っておけば、まず泰三の正体はわからないはずである。

泰三は扶美にこうメールを送った。

『部屋は１８０３号室です。フロントで名前を告げて、カードキーを受け取ってください。ベッドにアイマスクと衣装を用意してあります。シャワーを浴びてから、ブラジャーはつけずにアイマスクとベビードールとオープンクロッチのパンティをつけてください。目隠しは視覚を奪って、羞恥心を失くすためです。聞いていらっしゃるかもしれませんが、永峰さまにも同じことをしました。アイマスクをつける前に、準備がととのった旨のメールをくださいませ。わたしはすぐに部屋に入り、あなたの治療へと移ります。では、連絡をお待ちしております』

すぐに部屋を出て、同階にある喫煙ルームで時間をつぶしていると、扶美からのメールが届いた。

『準備が整いました』と書いてある。

泰三は廊下を歩き、１８０３号室のドアをカードキーで開けて、部屋に入った。

カーテンが閉め切られ、照明の絞られた部屋に置かれたダブルベッドのエッジに、赤いアイマスクと、赤いシースルーのベビードールを身につけた女が、不安そうに座っていた。

その艶めかしい姿にくらくらしながらも、平静を装った。

「大丈夫ですよ。吉増です。近づきます」

そう言って、ベッドに向かう。

吉増泰三は本名だが、扶美が会社の経理部課長のフルネームを知っているとは思えない。もし知っていたら、不審に思って自分には相談しなかっただろう。

「視覚を奪われれば、触覚や嗅覚が目覚めて、深い世界に入っていけます。それはあなたに、これまで味わったことのない深い官能の世界を体験させてくれるでしょう。私はもの狂おしいエロスの世界への水先案内人です。ここでは、私のことを『先生』と呼んでください。よろしいですね？」

そう言いながら、扶美の隣に座る。

「……はい。よろしくお願いします」

扶美が言った。

明らかに緊張しているものの、その声は間違いなく長瀬扶美のものだった。

開発部の制服である白衣をはおって、仲間と談笑しながら、颯爽と廊下を大股で歩いていく扶美の姿が脳裏に浮かぶ。

しかし、今は赤い総レースのベビードールを着ていて、乳房のふくらみと頂上の乳首、赤いオープンクロッチのパンティが透(す)けて見える。

同じ人物だとは思えないギャップがとてもエロい。

セミロングの髪を肩に散らせた扶美は、赤いアイマスクをつけ、緊張感をたたえて自らの胸を両手で覆(おお)いながら、うつむいている。

レースから透け出している薄く色づいた乳輪とせりだしている乳首が、泰三を否応(いやおう)なしに昂(たかぶ)らせる。

自分はあくまでもカウンセラーであり、性の実践家としてこの場にいるということを忘れて、長い間、ひそかに片思いをつづけてきた一個人になってしまいそうだ。

2

扶美をそっとベッドに倒して、仰向(あおむ)けに寝かせた。

「これから、扶美さんは演じないでください。感じるふりはしないように。イク演技もしてはいけません。無理に感じることはないのです。わかりますね？」

「はい……」

扶美が素直に答えた。やはり、泰三を会社の者だとは、つゆとも思っていないようで、だいぶ安心した。

「私は見えませんね？」

「はい、まったく……怖いです。先生を信頼していいんですね？」

「もちろん、私を信じてください。それができないと何もはじまりません。私を信じて、身を任せてください……私は性を教える伝道師です。普通の男性ではありません。わかりましたか？」

「はい……」

「では、まず触りますよ。よろしいですね」

「……ええ」

「リラックスしていてください。私の手から、エネルギーが発散されて、それがあなたにも伝わるはずです」

自分で考えた台詞（せりふ）を口にしながら、泰三は気持ちも欲望もひどく昂っている。自分はこれから、あの恋い焦（こ）がれた長瀬扶美の身体を愛撫できるのだ。

これは何かの間違いではないのか——手が震えそうになる。

柔らかくウェーブした髪を撫（な）でおろし、そのまま肩から二の腕にかけて、さすりおろしていく。なめらかで、すべすべの肌だ。

「ぁあ……！」

扶美がびくびくっとした。きめ細かい肌が一瞬にして粟立つ。

やはり視覚を奪われた暗闇のなかで、肌をタッチされるのは、途轍もない衝撃なのだ。

二の腕から前腕、さらに手指をなぞり、感じろ、感じろとエネルギーを送り込みながら、扶美の手を開いて、あげさせる。

両手を万歳の形で押さえつけられた扶美は、腋の下を隠したいのか、腕を曲げようとする。

しかし、上から体重を乗せているので、扶美の手は開いたままである。

伸びやかな腕をしていた。長い二の腕と脇腹の間に、きれいに剃られた腋窩があらわになっている。

泰三は顔を寄せて、腋の窪みを舐める。つるっと舌を走らせると、

「はぁああ……いやです。やめて！」

扶美がきっぱりと言った。

「なぜですか？」

「汗をかいているの。匂いもあるかもしれないし……」

「大丈夫ですよ。あなたの腋は匂いません」

泰三はそう答えて、扶美を安心させる。実際は、わずかに甘酸っぱい微香がして、汗で少ししょっぱい。だが、それが一段と泰三の欲情をかきたてている。

片思いをつづけてきた高嶺の花の腋を舐めている感激を、必死に押し殺して、カウンセラーとして振る舞う。

ここはまず、扶美の実体験がどの程度のものなのかをさぐりたい。

「腋の下を舐められたことはないんですか？」

「……あります。でも、気持ち良くなる前に、羞恥心が先立ってしまって、とても快感には結びつかなかったので、やめてもらいました」

「そうですか……もしかして、自分の体臭や、女性器の色形とか、感じているときに自分はどんな顔をしているのかって、気になりません？」

「……はい。とても……」

やはり、自分の美醜にとても敏感なのだ。

こういったタイプは美人に多い。自分が美人であるがゆえに、セックスの間もいろいろなことを気にしすぎて、快感そのものに没頭できないのだ。

「でも、さっきシャワーを浴びられましたし、体臭はまったくありません。それに、今、部屋は照明を絞ってあるので、おそらく女性器の形状もはっきりとはわからないと思います。アイマスクをされているので、表情もはっきりとはわかりませんから、どんな顔をなさってもいいんです。余計なことを考えないように、わざわざ視覚を奪ったんです。感じることに集中してください。自分の体面など考えなくていいんです。わかりますね？」

「はい……理性ではわかるんですが」

「では、その邪魔をしている理性をなくしていきましょう」

泰三は腋窩にチュッ、チュッとキスを浴びせ、二の腕にかけて、ツーッと舐めあげていく。

舌がしなやかな柔らかさを持った二の腕をなぞりあげると、

「はぁあああ……ああ、ゴメンなさい」

感じて声をあげたことを、扶美が謝ってくる。

「なぜ謝るんですか。それでいいんですよ。リラックスして、理性を頭から取り除いてください。これだけ愛撫をきわめたのは、人類しかいないんです。じつは、愛撫はとても文明的な行為なんです。わかりますね、そのへんの獣はこんなに精緻な愛撫をしません」

「……なるほど、そう言われれば確かに、そうですね」

「きれいな肌ですよ。私の舌も気持ちいい」

泰三は腋の下と二の腕の間に、丹念に何度も舌を往復させる。それを繰り返していると、扶美の様子が変わってきた。

「ああ、はうぅぅ……」

と、もう一方の手を口に添えて、喘ぎを押し殺す。

（やはり感じている……！）

皮膚を触れるかどうかのフェザータッチでさすられれば、男だって女だってぞくぞくする。それがたんなるくすぐったさで終わるか、快感に育っていくのかは、お互いの気持ち次第なのだ。

泰三は舌を腋の下から胸のほうへと移していく。

そこには、おそらくDカップくらいだろうか、理想的な大きさの乳房が赤い総レースのベビードールを通して見える。

くっきりとしたふくらみと、頂上の薄紅色が透けていて、その半ば隠れている様子がじつに色っぽい。

そそられて、思わず胸のふくらみをつかんでいた。

左右の乳房をすくいあげるように揉みあげる。赤い総レースの隙間から乳首の色がじかに見える。

レース越しにその乳首にしゃぶりついた。

「ぁあああ……！」

扶美は大きくのけぞって、嬌声を弾けさせる。

やはり、乳首は強い性感帯のようだ。

つづけざまに、レース越しに突起を舐めしゃぶると、

「ぁああ、あうぅぅ……」

扶美は心から感じているという声を放って、赤いアイマスクの顔をのけぞらせ、顎をせりあげる。

赤いレース地が唾液を吸って、色が濃くなり、乳首がせりだしてきて、いっそう胸を突きあげる。

（よしよし、この調子だ……）

泰三は左右の乳首を舐めながら、身体の側面を撫でる。

ベビードールが張りつく脇腹からウエスト、さらに太腿をさすると、

「あっ……あっ……あうぅぅぅ」

扶美は完全に感じているときの声をあげて、身体を微妙にくねらせる。

「感じていますね？」

乳首を舐めながら訊くと、

「はい……すごく感じる。こんなの初めてかもしれない……」

扶美がうれしいことを言う。

「目隠しされているからですよ。視覚を奪われているぶん、触覚や聴覚が目覚めるんです」

「きっと、そうだわ……それに……」

「何ですか？」

「先生の手が温かくて、何か愛情のようなものを感じる」

「それが、ハンドパワーですよ」

そう言いながらも、泰三はドキッとしていた。おそらく、扶美の言う『愛情のようなもの』とは、泰三が彼女に抱いている、熱い恋愛感情からきているものだろう。

一瞬、自分は同じ会社に勤めている経理部の課長だと告白したくなる。しかし、今それをしたら、せっかく芽生えはじめた扶美の高まりを終わらせてしまうだろう。

　ぐっとこらえて、すべすべの太腿を撫でさすった。

　さらに、太腿の内側へ手をまわし込んで、内腿をさすりあげる。幾度もフェザータッチでなぞると、

「ぁああ……ぁあああ……ぁあああうぅぅ……」

　扶美は足をひろげながら、そうせずにはいられないといった様子で、下腹部をぐぐっ、ぐぐっとせりあげる。

　感じている証拠である。

（よかった……全然、不感症ではない。だとしたら、これまであまり感じなかったのは、精神的な要因だろう。やはり、強すぎる美意識と自意識のせいで、自分を解放できなかったのか……あるいは、他にも何か原因があるのかもしれない。とにかく、今はこの芽生えつつあるものを大切に育てていこう）

　泰三は乳首を舐めながら、右手をおろしていき、ベビードールの上から、内腿の奥をつかんだ。

　レースの感触とともに、奥のほうに柔らかく沈み込むものを感じた。

　全体を手のひらで包み込んで、ゆっくりと上下になぞりながら、乳首をれろれ

ろっと舌で弾いた。それをつづけていると、

「ぁあああ、あうぅぅぅ……ぁあああん、ぁあああん……」

扶美は甘く鼻を鳴らし、恥丘をぐいぐいと泰三の手のひらに擦りつけてくる。

目隠しされているので、はっきりと表情はつかめない。しかし、顎のせりあげ方や、ふっくらとして形がよく、口角のあがったエロい唇の動き、上下の唇の間から洩れる性的な吐息などで、扶美がいかに感じているかはわかる。

いちばんよくわかるのは、ベビードールを通して感じる柔肉の濡れ具合だ。そこは急速に湿り気を増して、ぐちゅ、ぐちゅという粘着音が、かすかだがはっきりと聞こえる。

恥丘をさすると、それに応えるように下腹部がせりあがり、横揺れし、曲げられた片足の踵がシーツを擦る。

それを感じて、泰三のイチモツが力を漲らせる。

これは施術であるという思いが個人的な欲望へと替わっていき、すぐにでもイチモツを触って、フェラチオして欲しくなった。

「途中まで脱がせますよ」

そう言って、ベビードールの肩紐を外して、腰までおろした。

すると、形のいい乳房があらわになって、扶美がとっさに胸を手で隠した。

泰三はその手をそっとつかんで、開かせる。

あらわになった乳房を間近で見ると、視線を感じてか、扶美はいやいやをするように首を左右に振る。

「きれいな胸だ。理想的なバストですよ」

褒められても恥ずかしさは変わらないのか、扶美は必要以上に大きく顔をそむけている。

（これが、長瀬扶美の乳房か……！）

会社内では、いつも白衣からこぼれた胸に視線を奪われていた。

ニットなどをつけているときには、ほんとうに優美で急峻な形をしたバストだと、想像するだけで昂奮した。

その乳房を今、無防備な形で目にしているのだ。

直線的な上の斜面を下側の充実したふくらみが持ちあげている、理想的で、いやらしい形をしていた。

中心より少し上で尖っている乳首のせいか、それは母性というよりも、女性の性的アピールを振りまいていて、男をそそる乳房だった。

「手をおろさないで。このまま、右手で左の手首を握ってください。そうです。そのままですよ。おろしてはいけません」

そう言い聞かせて、泰三は左右のふくらみを触れるか触れないかのタッチで、円を描くように愛撫する。

扶美は今、視覚を奪われて、暗闇のなかにいる。

こういうときは、次に何をするか覚られないことが大切だ。焦らしも効果的だろう。

フェザータッチをするだけで、そのわずかな接触や空気の流れが刺激的なのだろう。

「んっ……んっ……ぁあぁぁ……焦らさないで。ちゃんと触って……お願い。お願いよぉ」

あの才色兼備の長瀬扶美も、おねだりしてくるのだ。

さんざん焦らしておいて、じかにふくらみをつかみ、揉んだ。柔らかな肉層が手のひらを押し上げてきて、その頂上の突起だけが硬くしこっていた。

もう触って欲しくて、しようがないのだろう。

自分から乳首を擦りつけようとする。

それを、それとなく避けて、周辺からタッチしていく。濃いピンクの乳輪の端(はし)を丸くなぞり、円周を狭(せば)めた。

乳輪は一面が粒立っていて、そこを指先で触れるうちに、乳首本体にも接触して、

「ぁああ、ああうぅぅ……いいのよ、いいの……乳首が気持ちいい……もっと、もっと強く触って」

扶美が訴えてくる。

やはり、扶美は性感が高まると、こうしてほしいと直截(ちょくせつ)男に求めるタイプなのだろう。そのほうが、わかりやすくていい。

泰三は顔を寄せて、向かって右側の乳首をそっと舐める。

静かに舌でなぞりあげると、しこっている乳首が舌で押されて動き、

「はぁあああ……それ……。ぁああ、すごい……感じる。あなたの舌をはっきりと感じる。ぁああ、くすぐったい……でも、気持ちいい」

「見えないぶん、純粋に感じるでしょ？」

「はい……感じる。先生のいやらしい舌を感じる……ぁああ、くすぐったい。へんよ、へん……ぁあうぅぅ」

扶美は言われたように両手を頭上にあげて、つないでいる。

腋の下をあらわにした無防備な格好を崩さず、気持ち良さそうに顎をせりあげる。

泰三は乳首も舐めて濡らし、それを指で捏ねながら、もう一方の乳首を舌で転がす。

舌の動きにつれて、扶美は悩ましく喘ぎ、腰をくねらせる。

（これなら大丈夫だ。全然、不感症じゃない。むしろ、感受性は強い）

これまでカウンセリングをした顧客もそうだった。準備万端ととのえて、じっくりと愛撫すれば、女体はそれに反応するように出来ているのだ。

やはり、最大の原因は、相手の男性のほうにある。

心から女体を愛する男性がいれば、女性の不感症はほとんど解消するのではないだろうか――。

3

左右の乳首をじっくりとかわいがった。

終える頃にはもう扶美は激しい息づかいで、身悶えして、汗をかいていた。

そのまま顔をおろしていき、すらりとした足を開かせて、その足をすくいあげる。

(これが、長瀬扶美のオマ×コか……！)

見とれてしまった。

会社での知的な白衣姿からは想像できない濃い恥毛がびっしりと密生しており、その流れ込むところに女の花園が見事な景観を見せている。

ふっくらとした陰唇(いんしん)は豊かで、色素沈着が少なく、神々(こうごう)しいほどのピンクにぬめ光っている。その狭間(はざま)には複雑に入り組んだ肉の庭があり、下のほうに鮮紅色の粘膜がわずかに顔をのぞかせている。

もしかして、陰唇が薄いのではないかと思っていた。だが、扶美の唇と同様にふっくらとして肉厚で、これなら挿入(そうにゅう)のときにびらびらがからみついてきて、出し入れしても気持ちいいのではないか——。

「……何をしているの？」

視覚を奪われているから不安なのだろう、扶美が怯(おび)えたような声をあげる。

「あなたの美しいオマ×コに見とれてしまって……きれいですよ。その上、エロい。挿入したら、具合が良さそうだ」

そう言って、しゃぶりついた。

まずは乳首と同じで、周辺から刺激する。

大陰唇と小陰唇の間をツーッ、ツーッと舐めると、それだけで、

「あっ……あっ……」

扶美はびくん、びくんと鼠蹊部(そけいぶ)をせりあげる。

これらの外周が敏感な箇所(かしょ)であることは知っている。ここには神経が走ってい
て、とても強い性感帯のひとつなのだ。

左右を舐めるうちに、扶美はもう我慢できないかのように腰を振って、

「ぁああ、あああうぅぅ……もっと」

と、せがんでくる。

さんざん焦らしてから、陰唇の狭間に移る。びらびらの間で物欲しそうにうご
めいている粘膜を舌でなぞる。

ゆっくり、じっくりと舐めた。

「ぁあああ、ああああ……気持ちいい……あなたの舌、気持ち良すぎる……ぁあ
ああ、すごい……ぁあああ、もっと、もっとして」

扶美は、もはや自分を抑える回路が切れてしまったのだろう、恥丘をぐいぐい

せりあげて、求めてくる。

ますます濡れてぬるぬるになった狭間を丹念に舌であやして、底のほうの膣口にも舌を這わせる。

膣口だけ味覚が強い。

吸いついて、ジュルル、ジュルルと啜りあげると、

「いやぁああ……恥ずかしい。恥ずかしいわ……あうぅぅ、ぁああ、いいの……いいのよぉ」

扶美はもっと吸ってとばかりに、濡れ溝を擦りつけてくる。

窒息しそうになりながらも、泰三は丸めた舌先を膣口に押し込んで、抜き差しをする。何度か繰り返していると、それが快感をもたらしたようで、扶美はもっと奥にとばかりに膣口を押しつけてきた。

泰三も圧力に負けないように、必死に舌の出し入れをする。

「ぁああ、ああうぅぅ……恥ずかしい。腰が動いちゃう……あうぅぅぅ」

と、扶美は自分から腰を振り立てる。

（おおぅ、すごい……あの知性派がこんなに大胆に腰を振っている！）

泰三はいっそう昂り、今度は陰核に標的を移す。

狭間を舐めあげていき、その勢いのまま、肉芽をピンと弾いた。

「はん……！」

ひときわ声高に喘いで、扶美が顔をのけぞらせる。

泰三はクリトリスのあたりを遮二無二舐めた。舌全体を使って、突起をなぞりあげると、

「ぁああ、あああぁ、いいのぉ……」

扶美は悩ましく腰をくねらせて、両手でシーツを鷲づかみにしている。

やはり、扶美もここが最大の急所らしい。膣でイカない女性も、だいたいクリトリスでは気を遣る。

泰三は包皮を剥いて、あらわになった珊瑚色の肉芽を舌先で撥ねる。

クリトリスは下から上へとなぞりあげたほうが感じるらしい。さらされた紅玉を下から引っかけるようにして舐める。

それを素早く繰り返していると、扶美が徐々に高まっていくのがわかった。

いつの間にか、左右の長い太腿をピーンと伸ばして、足の親指をぐっと反らせている。

舐めながら下から見あげると、形よく隆起した双乳の間に、赤いアイマスクで

目隠しされた扶美の美しい顔が見えた。

泰三はクリトリスを細かく刺激し、それから、吸ってみた。

チュッ、チュッと吸い込むと、突起が伸びて口腔に入り込み、それをもぐもぐと甘噛みする。

「い、いやぁああ……ダメなの。そんなことしたらダメッ……ぁあああ、あうぅぅぅ……吸って。もっと、吸ってぇ」

扶美がせがんできた。

(ほお……あの長瀬扶美にこんなマゾ的なところがあったとは……)

感激しつつ、思い切り吸ってやる。

吐き出して、もう一度包皮を剝き、あらわになった赤い肉の真珠(しんじゅ)をレロレロッと舌で弾いた。

「ぁあああ、イキそう……イキそうなの」

扶美が訴えてきた。どうやら、膣イキはしないが、クリトリスでは簡単に昇りつめるらしい。

このままイカせてもいい。しかし、それでは、膣を開発することにはならない。こういうときは――。

泰三は中指を立てて、それを膣口に押し当てる。

周辺が途端に中指にまとわりついてきたが、その押し寄せてくる膣の粘膜を押し退けるようにして指を挿入する。

なかは充分に潤っていて、中指が途中から吸い込まれていった。

全部は入れないで、半分ほどを差し込んで、静かにストロークする。そうしながら、もう片方の手指でクリトリスをいじった。

ぷっくりとした小さな肉芽を細かく指で弾き、中指はじっくりと膣壁を押すようにする。

すると、扶美はますます高まったのか、

「ぁああ、気持ちいい……これ、気持ちいい……ぁあああ、おかしくなりそう。おかしくなる。へんになる。ぁああ、あうぅぅ」

扶美は開いた足を真っすぐ伸ばして、ぶるぶると震えはじめた。

「膣は気持ちいいですか？」

「ああ、わからないの」

「クリちゃんのほうが感じるんだね？」

「ええ……そうみたい……」

「膣のほうにも神経を集中させてごらん」

泰三は言い聞かせた後、中指を回転させて、指の腹を上に向けた。

そうやって第二関節まで押し込んで、指の腹が接しているGスポットをかるく擦ってやる。

わずかにざらついている箇所を指の腹でなぞり、少し力を込める。

すると、膣の天井がわずかに持ちあがって、その圧力がかかり、それを指で押し退けるようにしてずりずりと動かした。

「ここ、気持ちいいでしょ？」

「はい……ぁああ、でも……何かへんよ。オシッコがしたくなっちゃう。いやいや、出ちゃう。オシッコが出るからやめて！」

扶美が泰三の手を押し退けようとする。

オシッコが出そうに感じるのは、快感が高まっている証(あかし)だと聞いたことがある。

刺激を加えつづけると、潮吹(しおふ)きをするとも聞いた。

いずれにしろ、Gスポットを愛撫するのは、膣イキの必須条件のはずだ。

（もう少しだ。あとちょっとだけやってみよう）

膣のなかに挿入した中指でGスポットを手繰り寄せるように激しく擦っていると、扶美の様子がさしせまったものになった。

「ぁあああ、ダメ、ダメっ、ダメぇ……い、いやぁあああ!」

扶美ががくんと下腹部を持ちあげたとき、何かが吹き出してくる圧力を感じて、とっさに指を引き抜いた。

直後に、炭酸水の壜の蓋を外したときのように、透明な液体が噴出した。

ジュッ、ジュッと奇妙な音を立てながら、すごい勢いで吹き出してくる。

まるで、間欠泉のように断続的に吹き出し、放物線を描いてベッドの脚元を濡らした。

「い、いやぁああ!」

扶美は自分がしていることが信じられないといった驚愕の顔で、潮吹きに身を任せている。

それが止むと、扶美は自分が何をしたのか確かめようとして、アイマスクに手をかけた。

「外さないで……大丈夫だから」

泰三はそれを封じる。

「大丈夫じゃないわ。わたし、潮を吹いたよね。潮吹きなんて初めてなのよ。ゴメンなさい。ホテルのベッドを濡らしてしまったわ。ゴメンなさい……」

扶美が必死に謝る。

「平気だよ。扶美さんが思っているほど量は出ていない。それに……」

泰三は濡れたシーツの匂いを嗅ぐ。

「まったく、匂わないよ。オシッコじゃないから、乾けばどうにかなるさ。大丈夫、ホテルには私のほうで、事情を説明しておくから。ホテルに男女で泊まれば、セックスをする確率は高い。セックスしたら、なかには潮吹きをする女性だっている。そのへんはホテルも想定内のはずだ。ただ、一応念のために、バスタオルで水分は吸い取っておこう。扶美さんはシャワーを浴びてきなさい。案内するから」

泰三は、目隠し状態の扶美をバスルームに案内して、出るときは声をかけるように言う。

それから、濡れたシーツにバスタオルを押し当てて、丹念に水分を吸い取る。

女性に潮を吹かせたのは初めてだった。

ＡＶではよく見るのだが、あれは男性側が特殊な技能を持っているのだと思っていた。しかし、泰三はそんなテクニックなど持ち合わせていない。なのに、扶美は潮を吹いた。

（すごいな。あの長瀬扶美が潮吹きをするとは……）

泰三はその事実に、満足感とともに強い性欲を覚えた。

4

シャワーを浴びた扶美をベッドの縁に座らせた。

生まれたままの姿に赤いアイマスクだけをつけた扶美は、羞恥心を見せてうつむいている。

全裸にアイマスクだけをつけた格好が、どこかの秘密クラブの生贄のような雰囲気をただよわせて、エロい。

それに、さっきまさかの潮吹きをしたことで、小水を洩らしてしまった恥辱を感じているのか……その肩身が狭そうな様子が、さらに男をかきたてる。

「目隠しはしていないといけませんか？」

扶美が訊いてくる。

「ええ……今回は最後まで視覚を奪ったままでしましょう。いやですか？」

「……心細くて」

「わかります。でも、目隠ししていたから、潮吹きをしたのかもしれませんよ。初めてでしたね？」

「はい……自分でもびっくりしました」

「どんな感じでしたか？」

「イッてはいません。でも、ぎりぎりまで溜め込んだオシッコをしているような解放感がありました。癖になりそうなと言いますか……」

そう言いながら、扶美は乳房と股間を手で隠していた。

セミロングの髪がアイマスクをした顔の半ばを隠して、叙情的な美しさが滲んでいる。片方の乳房の頂がツンと上を向いていて、その勝気な乳首がたまらなくセクシーだった。

「素晴らしい。また吹くかもしれません。そのときは遠慮せずに、吹いていいんですよ。それに、今、念のために大きなバスタオルをベッドに敷いてありますから、吹いても大丈夫です……そこに、うつ伏せになってください。マッサージをします」

扶美がおずおずとベッドに腹這いになった。

肩から背中、さらにきゅっとくびれた細腰と、急峻な角度でひろがるヒップの丸みが、女の豊かな官能美を伝えてくる。

泰三は用意してきたマッサージオイルを手のひらで温めてから、肩から背中へと擦り込んでいく。

肩甲骨の形がはっきりとわかる。

脊柱に沿って、オイルを塗り込み、ゆっくりとマッサージする。

内側から外側へと円を描くように肌をさすっていくと、

「ぁあぁ……ぁああ、蕩けちゃう。気持ちいいの……」

扶美が微妙に腰を揺らした。

「いいんですよ。リラックスなさってください……」

泰三はオイルを両手で擦り込みながら、低い場所へと移していく。

ついにはウエストからヒップにかけて、なぞる。

柔らかくカーブした側面を撫でさすり、そのままヒップの高みへと手をすべらせる。

左右の丸みをまわし揉みしていると、

「ぁああ、ああうぅぅ……」

くぐもった声を洩らしながら、扶美がヒップをせりあげてきた。

まるでもっと強く触って、とでも言わんばかりに尻を持ちあげ、左右にくねらせる。

「気持ちいいですか？」

「ええ……肌がざわついている。わたし、へんになっているんだわ。先生の手にかかって、身も心も洗脳されているんだわ。眞弓さんの言うとおりだった。わたし、先生の前なら何だってできそう……ぁああ、あうぅ……欲しい。欲しくなってる」

扶美は自分でヒップだけを持ちあげて、その浮き上がった尻をくなり、くなりと揺すりあげる。

ハーブの香りのするオイルが塗られた肌は、全面がてかつき、尻も妖しい光沢を放っている。

泰三はがばっと身を伏せて、尻たぶの窪みに沿って、舐めおろした。

左右の尻たぶをつかんでぐいとひろげ、あらわになったアヌスの窄まりから会陰へと舌をおろす。

「ぁあああ、いやん……」

扶美が随分とかわいらしい声をあげて、尻たぶをぎゅっと締めた。

その際に、泰三の目を引いたのが、愛らしいアヌスだった。

アヌスの窄まりは、まだ少女のように新鮮な色をしており、幾重もの皺がきれいに中心に向かって集まっている。

「もっとかわいがりたいから、四つん這いになってください」

言うと、扶美はおずおずと身体を起こして、膝と手で身体を支える。

「ぁああ、これ、恥ずかしいわ……見えないから、余計に恥ずかしい……あまり見ないで……」

アイマスクをしたままで、顔を左右に振る。

「見ないようにします。その代わり、舐めます」

泰三はひろがっている女の花園に舌を這わせた。合わさっている肉ビラの狭間を舐めると、ぬるっとした粘膜が舌にまとわりついてきて、

「はうぅ……！」

扶美が両手でシーツを握り締めた。

つづけざまに狭間のピンクに舌を走らせる。下の端にせりだしている小さな突起を舌で撥ねると、

「ぁああ、ああうぅぅ……気持ちいい。先生、わたし本当に気持ちいいの……」

扶美がくなくなと腰をよじった。

泰三は無言のまま、いきなり上方のアヌスに舌を届かせる。

怯えるようにひくつくセピア色の窄まりの脇を、スーッ、スーッと舐めると、

「はあん……！」

これまでいちばん強い反応をして、扶美が顔を撥ねあげた。

（んっ？　もしかして、ここも性感帯？）

今度はじかに舐める。

可憐な窄まりを下から上へと、つづけざまに舌でなぞりあげると、

「ぁああ、やめて……恥ずかしいわ。どこを舐めているのよ。そんなところ不潔よ。舐めてはいや」

最初は舌を避けていたが、泰三がそこを舐めたり、吸ったりしていくうちに、徐々に反応が変わった。ついには、

「ぁああ、ぁあああ……へんなの。おかしいわ。気持ちいいの。あそこがすごく感じちゃう……ぁああ、震えがくる」

扶美はびくびくっと痙攣して、きゅっ、きゅっと窄まりを縮こまらせる。

幾重もの皺が鋭く収縮する様子がこたえられない。

ふと思いついて、言った。

「扶美さん、ご自分でクリトリスを触ってください」

すると、扶美が腹のほうから手を潜らせて、クリトリスを指でいじりはじめた。くりくりと円を描くようになぞり、トントントンと指で肉芽を叩く。また、丸くなぞり、ノックするように叩く。

「そうです。つづけるんですよ」

そう言って、泰三はアヌスを舐める。

尻たぶを両手で左右にひろげておいて、開いたアヌスの窄まりにじかに舌を走らせる。

相手があの長瀬扶美だと思うと、まったく不潔に感じない。むしろ、扶美の排泄の穴をしゃぶっていることで、ひどく昂ってしまう。

舌先を丸めて、アヌスの穴に突っ込むようにして、抜き差しを試す。

すると、窄まりも伸び縮みして、

「ぁあああ、あああ……お願い、もうやめて……それ以上はやめて」

扶美がさかんに首を左右に振った。

泰三が顔をアヌスから離すと、しばらくして、ヒップがもぞもぞしてきて、

「つづけて……つづけてください」

今度は一転して、哀願してくる。

「しょうがない人だな。いいでしょう。つづけますから、あなたも自分で膣に指を入れて、オナニーしてください。いいですね」

「はい……」

扶美はクリトリスをいじっていた指をそのままワレメへとすべらせる。すぐに中指が膣口に姿を消して、

「はうぅぅ……！」

扶美が顔を撥ねあげる。

「ストロークしていいですよ」

泰三は動きをせかして、アヌスを舐める。すると、指の抜き差しにつれて、窄まりも呼吸するようにひろがったり、窄まったりする。

周辺を舐めたり、中心に舌を差し込んでいると、扶美の様子がさしせまってきた。

「ぁあああ、イキそう……わたし、膣イキしそうです」

「いいんですよ。イッていいんですよ」

「はい……ぁあああ、ぁあああ……ぁあああ、ダメっ……またオシッコがしたくなった。イキそうになると、オシッコがしたくなる」

扶美が訴えてくる。

「吹いてかまいません。クジラのように潮を吹くんです」

「でも、またベッドを汚してしまうわ」

「そのために、バスタオルを敷いているんです。かまいません。そうら、イクんです」

泰三は後ろからアヌスにしゃぶりついて、つづけて舐めた。

と、それが感じてか、扶美はますます激しく体内を指で掻きむしっている。

「ぁああ、オシッコがしたい。我慢できない。イキたいの。イキたいの……」

「さあ、イッてください」

けしかけると、扶美の指づかいがいっそう活発になり、

「いやぁああ……！」

扶美が膣口から指を抜いた瞬間、なかから透明な潮が奔出した。

ジュワッ、ジュワッと二度つづいた噴水がやんだとき、扶美はぐったりとして前に突っ伏していった。

5

「イッたの？」

おずおずと訊くと、扶美は首を左右に振って、言った。

「もう少しだったんですが、イク前に吹いてしまいました」

「吹いたけど、イッてないと？」

「はい……」

扶美は無念そうに唇を嚙んだ。

泰三は濡れたバスタオルを取り替えて、ベッドに敷いた。

それから、びしょびしょに濡れている花園や内腿を舐める。そこは明らかに液体で濡れているが、純粋な小水でないことは、その匂いや味でわかる。

アンモニア臭はなく、さらさらとしていて、味もない。

潮を拭き取るように舐めているうちに、また、扶美が感じはじめた。

「ぁああ、あああ……先生、もう欲しい……」

「その前に、これを舐めてくれないか?」

ベッドに仰向けに寝た泰三は、目隠しで目が見えない扶美を導いて、開いた足の間にしゃがませる。

扶美が手さぐりで、勃起をさがし、いきりたつものに触れると、もう二度と放さないとばかりに握ってきた。

すでに二度も潮吹きして、身体が求めているのだろう。

もう待てないとでもいうように、猛りたつ男根を上から頬張ってきた。

根元を握り、余った部分に唇をかぶせて、すべらせる。

ぐちゅ、ぐちゅと淫らな音を立てて、亀頭冠に唇を往復させる。

もともと体液が多いタイプなのだろうか、唾液も通常より富んでいて、とろっとした唾が潤滑剤の代わりになり、ひどく具合がいい。

扶美はジュルルッと吸い込んで、いったん吐き出し、

「はぁああ……」

と、甘い吐息をこぼし、裏のほうを舐めあげてきた。

つるっとした舌が裏筋を這いあがると、ぞわっとした戦慄が走る。

奪われた視界のなかで必死に肉棹をつかみ、勘を働かせて舐めあげてくる扶美

は、アイマスクをつけているせいか、とてもエロチックに感じてしまう。

実際に勃起を見てしゃぶるのと、暗闇のなかで手さぐりしながらしゃぶるのとでは、きっと大きな差があるだろう。

ただ、暗闇のなかで舐めているほうが、触感や匂いなどをいっそう感じるのではないか――。

扶美は舌を裏筋や亀頭冠にまさぐるようにからませ、れろれろっと横に強く弾く。それから、ぐっと姿勢を低くして、睾丸（こうがん）にまで舌を届かせる。

「ぁあああ……あああぁぁ」

と、絶えず甘えたような鼻声を洩らしながら、皺袋を丹念に舐め、握りしめた肉棹をしごいてくる。

睾丸袋を唾液でぬるぬるにしてから、裏筋を舐めあげてきた。

そのまま上から頬張ってくる。

ぐちゅ、ぐちゅと淫靡（いんび）な音を立てながら、亀頭冠を中心に唇をすべらせる。

短いストロークでカリの裏を引っかけるようにつづけざまに擦ってくる。そこから、甘い陶酔感（とうすいかん）がひろがり、

「ぁああ、上手だ。すごく上手い……ぁああ、痺（しび）れるようだよ」

褒めると、扶美はますます小刻（こきざ）みに激しく亀頭冠の裏を狙って、唇と舌で擦ってくる。

「気持ちいい。気持ちいいよ……ぁあああ！」

熱い男液が噴き上がりかけたとき、扶美がちゅっぱっと吐き出した。そして、ぬめ光る肉の柱をつかんだまま、またがってきた。

泰三はその美しくも官能的な肢体に見とれる。

赤いアイマスクをつけた美貌は、上気して赤らみ、そこにセミロングの髪がかかっている。

Dカップほどの乳房は、直線的な斜面を下側の充実したふくらみが持ちあげていて、ツンと尖った乳首がひどく卑猥（ひわい）だった。

扶美は大きくM字開脚して、つかんだ勃起を導き、みずから腰を振って、濡れ溝を擦りつけた。

それから、ゆっくりと慎重に腰を落とす。

途中まではいきりたちが濡れた溝を押し割っていく感触があり、あとはぬるぬるっと嵌（は）まり込んでいって、

「ぁあああ……！」

扶美の口から凄艶な声が洩れた。

上半身をのけぞらせて、しばらく動きを止めていたが、やがて、自分から腰を振りはじめる。

扶美は両手を後ろに突いて、M字開脚したまま腰を前後に打ち振っては、

「ぁあああ、いい……いいのよ……ぐりぐりしてくる。先生のおチンチンがわたしのオマンマンをぐりぐりしてくる。わかるの、おチンチンをはっきりと感じる。ぁあああ、奥を突いてくるわ。ぁあああ、いやいや……」

そう喘ぐように言いながら、扶美は腰を前後に振り立てる。

目隠しされているから、感覚は倍増するし、見えていないぶん、自分も大胆になれるのだろう。くいっ、くいっとした腰のシャープな動きが、扶美を駆り立てるものの大きさを伝えてくる。

だが、扶美は活発な動きとは別に、一定以上は高まらないようで、ゆっくりとまわりはじめた。

突き刺さっている肉の塔を軸に時計回りに動き、いったん真横を向き、その状態で腰を振る。それから、さらにまわって、真後ろを向いた。

上体を斜めに倒して、腰を振る。

恥肉を擦りつけるようにして前後に揺すり、

「ぁあぁ、あぁあ、気持ちいい……」

心から感じているという声を出す。

だが、これもさっきと同じで、一定以上は高まっていかないようだった。このへんが、セックスしてもイケない壁になっているのだろう。

ふと思いついて、言った。

「身体を前に倒して、私の脛(すね)を舐めてもらえませんかね」

「脛をですか？」

「そうです」

扶美がぐっと上体を低くして、泰三の脛を舐めはじめた。

ぬるり、ぬるりっと舌が足を這う。

ぞわぞわっと快感が走る。

なぜ脛を舐められると、こんなに気持ちいいのか——。

皮膚のすぐ下に骨があるからかもしれない。向こう脛をぶつけると、痛みが激しい。それだけ敏感で、急所のひとつなのだろう。

それ以上に、あの長瀬扶美がこんなあらわな格好で、自分の足を舐めてくれていることの、精神的な満足感のほうが大きい。

しかも、ちょっと顔をあげれば、結合部が丸見えなのだ。ハート形の立派なヒップと、その尻たぶの底に自分の勃起が入り込んでいるのが、まともに見える。

変色した肉びらがイチモツにしっかりとからみつき、扶美が足を舐めるたびに前後に動いて、膣が肉棹を包みながら擦るところも視界に入ってくる。

それ以上にすごいのは、この姿勢だと尻たぶが開いて、谷間のセピア色のアヌスがはっきりと見えることだ。

扶美は言われたとおりに身体を前後に振って、脛を舐めつづける。それにつれて、アヌスもひくついて、窄まったり、ひろがったりする。

（さっきアヌスを舐めたら、扶美さんはすごく感じていた。おそらく、アヌスは強い性感帯なのだ。だとしたら……）

泰三は唾液をたっぷりとアヌスに塗り込んだ。それから、窄まりの周辺を撫でまわす。すると、扶美の様子が一気に変わった。

「ぁああ、あああ、いやよ、いや……ぁああ、あうぅぅ」

口ではいやと言いながらも、臀部（でんぶ）はもっととばかりに揺れて、こちらに向かって尻を突き出してくる。

（やはり、ここは弱いんだろうな）

窄まりをなぞり、中心に指先を押し当てる。

ちょっと力を込めると、襞が柔らかく指先にまとわりつく感触があって、

「ぁああ、いや……」

扶美が訴えてくる。しかし、言葉とは裏腹にアヌスはひろがって、人差し指の先を呑み込もうとする。

「すごい……指が入ってしまいそうだ」

「それはきっと、わたしがいつもお風呂でアヌスを洗うときに、指を突っ込むようにしてきれいにしているからだわ。それで、指には慣れているのよ」

それならば、このまま泰三の指も呑み込みそうだ。しかし、それをするにはローションなどの準備が必要となる。泰三の指は、明らかに扶美のよりも太い。

「では、アヌスに指を挿入するのは次の機会にしましょう。今日は入口だけにします……いいですよ、腰を振って、押しつけても」

言うと、扶美が大きく腰を振りはじめた。

全身を移動させて、アヌスを指先に擦りつけながら、向こう脛を舐めてくれる。

「ぁあああ、ぁあああ……いいの。いいの……」

喘ぐように言って、扶美は大胆に腰を振り、アヌスを擦りつけてくる。

それを、目隠しされた暗闇のなかで行っているのだ。

膣で感じる勃起、アヌスに触れている指……そして、扶美は腰を振りながら、向こう脛を舐めている。しかも、ケツの穴までさらして、無防備で淫らな後ろ姿を男に見られている……。

当人でなくても、その凄まじい感覚は想像できる。

扶美はこれだけの美貌に恵まれながら、もう長い間、膣でイケなかった。それを可能にするには、このくらいはしなくてはいけない。

「ぁあああ、あああ……突いて。バックから突いてください」

扶美がせがんできた。

泰三は結合を外させて、扶美を這わせ、後ろについた。

「もっと足をひろげて」

「はい……」

扶美が膝を開いたので、膣口の高さがちょうどよくなった。泰三は背が低く、扶美は足が長いので、このくらい足を開いてもらわないと、ペニスと膣口の位置が合わない。

いきりたつものを押し当てて、腰を進めると、ぬるぬるっと嵌まり込んでいって、

「はうぅぅ……！」

扶美が顔を撥ねる。

しばらくじっとしていると、なかの粘膜がざわめきながら締めつけてくる。その波打つような肉襞のうごめきがたまらなく気持ちいい。

ゆっくりと腰をつかった。

浅瀬をかるく擦り、徐々に深くしていく。それでも、まだ奥までは突かない。

突くときより引く際に力を込めると、カリが内部の粘膜に引っかかるのが、よくわかる。

角度的にもおそらくGスポットに当たっている。

カリの出っ張りが急所を擦りながら、押し広げているはずだ。

しばらくそれをつづけていると、扶美の様子がさしせまったものに変わった。

「ぁああ、それ……ダメっ、また出る。オシッコしたい……ダメ、ダメっ、出ちゃう」

扶美が訴えてくる。

泰三としては、潮吹きよりもきちんと絶頂を体験させたい。だが、このままではまた吹いてしまって終わるだろう。

泰三は右手を扶美のアヌスに押し当てた。指で窄まりをなぞっていると、そこがひろがって、指先がわずかにめり込んだ。

「ぁあああ、いや……お尻に指が……はうぅぅ」

「いいんですよ。自分で腰を振って！」

せかすと、それを待っていたように扶美が腰を前後に振りはじめた。

尻を突き出すたびに、イチモツが膣の奥にぶち当たり、同時に、指がアヌスの窄まりを刺激する。

「ぁあああ、もう、もうダメッ……イキそう。ほんとうにイキそう」

扶美がぎりぎりで訴えてきた。

「いいんですよ。イッていいんですよ」

「ああ、今よ……突いて。ズンズン突いて！」

「おおぅ……イケぇ！」

泰三は指先でアヌスを触れながら、最後の力を振り絞った。

「あんっ、あんっ、あんっ……イク、イク、イッちゃう……！」

「そうら、イキなさい」

泰三がつづけざまに深いところを突くと、

「ぁあああ、出るぅ！」

嬌声とともに生温かいものがしぶき、ハッとして肉棹を引き抜くと、ジュワッ、ジュワッと潮が噴出して、バスタオルを濡らした。

6

一週間後——。泰三は経理の仕事を片づけて、会社を出た。

正面入口を出たところで、ひとりの女性が近づいてくる。

ハッとした。スーツを着た女は、長瀬扶美だった。

思わず立ち止まると、扶美がにこっとして声をかけてきた。

「先生……ですよね？」

「……何のことでしょうか？」

「オンライン実践的性コンサルタントの先生は、あなたですよね。経理課長の吉増泰三さん」

扶美が身体をぴたっと寄せてきた。

正体を見抜かれている。どうして――。

（そう言えば、昨日、長瀬扶美は珍しく経理部に来ていたな）

シラを切り通せば、誤魔化せるかもしれない。

「おっしゃっていることがよくわかりません。きっと人違いをされていると思いますが……」

「いえ、人違いではありません。名前も同じ吉増泰三さんですし、第一、声がまったく同じだわ。先生は最初からまったく顔を見せなかった。顔出ししたら、同じ会社の経理部の課長だって正体がばれるからでしょ？」

見抜かれていた。激しく動揺したが、それを押し隠して、

「何のことかさっぱりわかりません」

シラを切る。

「先生はメールで遣り取りをするうちに、わたしが偽名を使っていることがわかったんだわ。それはわかりますよね。長野芙美が長瀬扶美であることくらい。だから、逢うときにわたしに目隠しさせたんだわ。自分の正体がばれないように。先日、偶然に課長のお名前が吉増泰三だって知って、驚きました。もしやと思っ

て、昨日、経理部で課長の声を聞いて、すぐにわかりました……大丈夫ですよ、このことはばらしませんから。ほんとうは正体を知ったことを隠しておこうかとも考えたんですよ。でも、それだと、次回の施術のときにも、また目隠しをされるでしょ。それがいやだなと思って……」

「目隠しはいやなんですか？」

ついつい確かめていた。

「最初は刺激的でした。でも、だんだん相手のことを知りたくなってしまって……今度、レッスンを受けるときは目隠しはいやだなって……」

「どうなんでしょうね。視覚を奪われてこその潮吹きだったのかもしれない。アイマスクの効果は絶大だったと思いますよ」

「……ほら、やっぱり先生だわ。だって、先生以外だったら、わたしが潮を吹いたことを知るはずはないもの」

扶美がしてやったりという顔で泰三を見下ろしてきた。

扶美は女性にしては身長があり、泰三は背が低い。それに、扶美はハイヒールを履いているから、どうしても上から目線になる。

大きな目が生き生きとして輝いている。

目は心の窓というが、扶美はいつも心がきらきらして、何かに挑戦している気がする。だから、商品開発部のエースなのだ。

だが、そんな万能な扶美にも唯一欠点があって、それがセックスだったということだろう。

「……ここまできて、シラを切り通すのも白々しいですね。じつは、あなたに目隠ししたのも、セックス上の問題だけではなかったんです。つまり、わたしが不細工だから、なるべく女性には顔出ししないほうがいいかと思って……」

思い切って打ち明けると、扶美がそれを鼻で笑った。

「それは間違いです。わたしはイケメンに興味はありません」

扶美がきっぱり言った。

「そうなんですか？　でも、あなたは美醜に関してはとても意識の高い方だ。自分が感じているときの顔がどう見えているかまで、気になさっている。そういう方が男の美醜にこだわらないはずがない」

「美意識の違いなんですよ、きっと。どちらかと言えば、わたしはイケメンの男は嫌い。もしかして、嫉妬なのかもしれないけど。美しいものに嫉妬を覚えるの。どうしても自分と比較してしまうから……だから、男性は目鼻立ちがくっきりしていなくても全然かまわない。むしろ、多少ぽっちゃりしてて愛嬌のあるやさしい人が好き。安心できるでしょ、いろいろな意味で」

そう言って、きらきらした瞳を向ける。

泰三はずっと前から、長瀬扶美に片思いをしてきたから、今の言葉はうれしかった。

「今日の予定は？」

扶美が訊いてくる。

「何も入っていませんが……」

「吉増さん、離婚されておひとりと聞きましたが？」

「ええ……残念ながら、家で私を待っている者はいません」

「……これから、食事に行きませんか？」

「いいですよ、もちろん……」

「ふふっ、もちろん、なんですね」

「ああ、いや……」

「聞きましたよ、部下の方に。課長はひそかに、わたしに思いを寄せているんだって。酔っ払って、前後不覚になったときに、おっしゃったそうですよ」

扶美がまさかのことを言う。

身に覚えはないのだが、泥酔したときに部下にしゃべったのかもしれない。いつもは飲み会の席でも冷静なのだが、年に一度くらいは羽目(はめ)を外してしまう。

「す、すみません」

「謝ることはありません。わたしもうれしいわ……で、どういうお店にしましょうか。居酒屋、和食、洋食……」

「それは、おそらく長瀬さんのほうがよくご存じでしょうから、お任せしますよ」

「そう……だったら、創作フレンチの美味しいお店があるんですが、そこでよろしいですか？」

泰三はうなずいた。

創作フレンチのレストランは都心の高層ホテルの十五階にあって、席からは都会の夜景を眺望することができた。

前菜から奇抜なフレンチが提供されたが、そのどれも味が計算されていて、美味しかった。

扶美は飲料メーカーの商品開発をしているので、味覚が発達しているのだろう。あらためて、長瀬扶美という女性にリスペクトを覚えた。

二人は窓から見える東京の夜景を眺め、出されるコース料理を口にし、赤ワインを呑む。

不思議な感じだ。

あの恋い焦がれた女性と、ホテルのレストランで食事を摂っていること自体がウソのようだ。

そして、以前と違うのは、自分が扶美の実態を知っていることだ。ベッドで潮を吹きまくり、シーツをベトベトにした扶美の乱れた様子が、いまだにしっかりと目に焼きついている。

以前は高嶺の花だった扶美が、手の届くところに降りてきたような気がする。

食事中も扶美は、泰三のしていることに興味を持ったらしく、実践的性コンサルタントの実情について訊いてきた。

泰三は自分の過去を話し、離婚をした元妻から、あなたはセックスが下手だと指摘され、それに発奮して性を学んだ。その学んだことを性に悩む人たちに伝えたくて、この副業をはじめた。実際にクライアントの悩みを解決して、感謝されるのはうれしいし、その解決していくプロセスでも悦びを感じる——。

　そんなことを話すうちに、料理は最後のデザートになった。アイスクリームをスプーンで口に運びながら、扶美が言った。

「経理のプロである真面目（まじめ）一筋の吉増さんが、性的なことに従事しているなんて、まさかと思ったわ。でも、すごく興味を惹（ひ）かれた。ギャップみたいなものかしら。それに、先生はとてもリードするのが上手だったわ。さすがだと思った。だって、わたし……」

　扶美はぐっと顔をテーブルの中心に寄せて、

「潮吹きなんて、初めてだったもの」

　小声で言って、白いアイスの載った舌で唇を舐めあげる。

「でも、膣イキはしなかった。つまり先生は、まだ問題を解決していない。実践的性のコンサルティングを今夜、受けたいんだけど、都合はつきます？」

「もちろん！」

　泰三は嬉々として言う。欣喜雀躍（きんきじゃくやく）する内心の悦びを隠せなかった。

「じゃあ、このレストランの上階にあるホテルに行きましょう」

　扶美が立ちあがって伝票をつかもうとしたので、泰三はそれを制し、クレジットカードを手にしてレジに向かった。

7

三十五階の部屋のバスルームに二人で入った。

髪をアップにまとめた扶美がソープをつけた柔らかなスポンジで、洗い椅子に座った泰三の肩から背中を丹念に洗い清めてくれる。

泰三は気になっていたことを訊いた。

「扶美さんは独身主義者ですか。それとも、誰かいい人がいたら、結婚するんですか？」

「そうね。わたしは老後をひとりで送って、孤独死するのはいやなの。それを考えると、やはり一緒に過ごせるパートナーが欲しいかな」

「カウンセリングでも、そんなことをおっしゃっていましたね。では、性的な相性のいい男性がいたら、結婚すると？」

「……そうね。商品開発の仕事はつづけたいけど、この先、ずっとベッドでひとり寝も寂しいでしょ」

「確かに……」

俺でもかまいませんか——と言おうとしたが、出かかった言葉を呑み込んだ。いくら何でも釣り合わない。美女と野獣ならまだいいが、自分は野獣とは似ても似つかない、経理のオッサンだ。

「じつは、半年前にある男性と結婚寸前までいったの。でも、どうしても夜の生活が合わなかった。蛇(へび)の生殺し状態で夜を送って……。とてもつらかった」

「でしょうね……俺なら……」

「えっ……？」

「いや、何でもないです」

扶美の手が前にまわり込んできて、胸板から下腹部へと移り、肉棹にソープを塗り付けてくる。

泰三のイチモツはたちまちエレクトし、そのソープだらけのものを握って、ぎゅっ、ぎゅっとしごかれると、たまらなくなる。

「ふふっ、先生のここはいつもカチンカチンだわ。こちらを向いてください」

泰三が後ろに向いて立つと、扶美はいきりたちをしごきながら、皺袋をソープだらけの手でやわやわと揉みあげる。

さらに、袋の下のほうにある会陰を石鹼でちゅるちゅると擦り、アスヌにまで指を伸ばして、そこをまさぐってくる。

「あっ、そこは……」

「どうしたの、いや？」

「ああ……」

「ふふっ、あんなにわたしのアヌスは触ったのに。他人のはいいけど、自分のはいやなの？」

「ああ、ゴメン。すごく怖いんだ。指が入ってくると思っただけで、震えがくる」

「……エゴイストなのね。でも、男の人はものを体内に入れ慣れてないから仕方ないとは思う。女性って、いつもこんなカチンカチンで大きなものを、膣のなかに受け入れているのよ」

扶美は石鹸まみれの肉棹を握りしごきながら、見あげてくる。

「ああ、女の人はすごいと思うよ」

「それがわかればいいわ……わたし、今日、あるグッズを持ってきたの。それを先生に使ってほしいなって」

「……何？」

「ローションに、指サックとコンドーム」

「ああ、それは俺も考えていました。今度逢うときは用意したいと……アナル用ですね？」

「そう……そこに持ってきているのよ。ベッドだと汚してしまいそうだから」

「わかりました。さすがに自分の身体をよくご存知だ」

「そうよ、わたしは優秀だから……」

扶美はシャワーを使って、下半身のソープを洗い流し、いきなりしゃぶりついてきた。

立っている泰三の前にしゃがんで、いきりたちの裏筋をツーッと舐めあげ、上から頬張ってきた。

唇をかぶせて大きくストロークされると、分身のなかが沸騰するように滾る。

巧妙に唇と舌で摩擦され、同時に皺袋までお手玉するようにあやされた。

「ぁあああ、気持ちいいよ」

思わず言うと、扶美はちゅるっと吐き出して、

「今度はわたしを洗って」

そう言って、洗い椅子に腰かける。

泰三は背中と乳房を泡立てたスポンジで擦り、さらに、下腹部にも泡立っている石鹸をなすりつけた。

ぬるぬるの乳房を揉みしだき、下腹部も素手で触る。

それをつづけていると、扶美は自ら膝を開いて、女性器を剝き出しにして、目の前の鏡を見ながら、

「ぁああ、あうぅぅ……先生だと、わたし、ほんとうに気持ちいいの」

鏡に映った泰三に向かって、とろんとした目を向ける。

「私が見えていても、感じるんだね？」

「はい……吉増さんの顔がよく見えるのよ」

「不細工でしょ？」

「ううん、やさしくて穏やかだわ。恵比寿様（えびすさま）に愛撫されているみたいよ」

「恵比寿様？」

「そうよ」

「じゃあ、あなたはさしずめ弁財天（べんざいてん）ってところですかね」

「いいわね。じつは、七福神（しちふくじん）のなかで、恵比寿様と弁財天はデキていたのね」

「そうです。二人は他の神様には内緒で、こっそりと密通していたんです」

「すごく昂奮してきた。ぁあああ、あああ、可哀相。わたしの乳首が押し潰されているわ。ぁあああ、それ、いい……ぁああんん」

泰三が後ろから乳房の頂を捏ねまわし、下からトントントンと叩くと、

「ぁあああ、それ……あんっ、あんっ」

扶美ががくんがくんしながら、下腹部を泰三の手に擦りつけてくる。

「ローションはどこですか？」

「待ってて」

扶美が立ちあがり、洗面所から小さなビニール袋を持ってきた。

泰三は受け取って、ピンクのビニール袋からローションと指サック、コンドームを取り出す。

その間に、扶美はシャワーを浴びて、肌の石鹸を洗い流す。

バスルームの床には塩化ビニール製のマットが敷いてある。

マットに扶美を這わせて、後ろについた。

ぷりっとした桃尻の谷間に、セピア色の小さな窄まりが息づいている。

泰三はまず人差し指に指サックをつけて、チューブから絞りだしたローションを人差し指に垂らし、それを尻の谷間から窄まりへと塗り込んでいく。ぬるっ、

ぬるっと指がすべって、それだけで、

「ぁああ、あああ……気持ちいいの……ぞわぞわする。背筋に走るのよぉ……あんっ、あんっ……」

扶美がくなくなと腰を揺する。

ふと思いついて、シックスナインの形を取らせた。すると、扶美は目の前のいきりたちにしゃぶりつきながら、尻を後ろに突き出してくる。

仰向けになった泰三の目の前に、ローションでぬめるアヌスがひくひくしている。そこに指を当ててなぞる。

指サックした人差し指でローションを塗り延ばしていると、それだけで、

「んんんっ……んんんっ……」

扶美は肉棹を頬張ったまま、くぐもった声を洩らす。

感じているのだ。扶美にとって、アヌスはきわめて大きな性感帯に違いない。

(入るか？　指一本くらいなら、余裕だろう)

右手でピストルの形を作り、砲身代わりの人差し指を窄まりの中心に添えて、ゆっくりと押していく。

ローションのせいか、つるっとすべって弾かれた。

「……いざとなると、怖いわ」

扶美が首をねじって訴えてくる。

「大丈夫。絶対に入るよ。リラックスして……はい、息を吸って、吐いて……」

扶美が息を吸って吐く瞬間に、アヌスも自然にひろがる。そのときを見計らって力を込めると、指先がぐにゅっとしたものに嵌まり込んでいく感触があった。

さらに進めると、ぬるぬるっと人差し指が第二関節くらいまで潜り込んでいき、

「はうぅぅ……！」

扶美が顔を撥ねあげながら、痙攣した。

「おおぅ、入ったぞ。すっぽりと入った」

「ぁあああ、何も考えられなくなる……いやいやいや……動かしてはダメよ」

「そう言われると、動かしたくなる」

泰三はひどく昂奮していた。

アヌスに指を挿入するのは初めてだった。ゆっくりと抜き差しすると、ぐにゅぐにゅと何かがからみついてきた。

「ぁああ……ダメ、ダメ、ダメっ……」

最初はそう言って拒んでいたが、抜き差しだけではなく、指をまわしたり、内

部を攪拌するうちに、扶美の様子が変わってきた。

「ぁああ、あうぅぅ……」

顔をいっぱいにのけぞらせる。

「気持ち良くなってきたね？」

「はい……気持ちいい……ぁあああ、もっとして……」

扶美は一転して、自分から腰を振って、抜き差しをする。

人差し指が、皺の凝集に吸い込まれて、出てくる。微妙に表情を変化させてまとわりついてくる、肛門括約筋が愛おしい。

抜き差しをつづけていると、扶美が肉棹にしゃぶりついてきた。

ぐちゅぐちゅと頬張り、指の動きにつれて、

「んんんっ……んんんっ……んっ、んっ、んっ……」

くぐもった声を洩らしながら、一生懸命に頬張ってくる。

（おおぅ、昂奮する！）

泰三の目の前で、膣口がひろがって、とろっとした蜜を垂らしていた。

（そうか……膣にも入るな）

泰三はとっさに親指を押しつける。すると、とろとろの膣口に親指がすべり込

んでいって、

「ぁあああ、何をしたの？」

扶美が肉棹を吐き出して、訊いてくる。

「親指を膣に入れた。こうすると……」

泰三は人差し指をアヌスに、親指を膣に挿入している。同じ右手だから一緒に動かすこともできる。

人差し指と親指で二つの穴を抜き差ししながら、その下方に息づくクリトリスを舐めた。

いわば三所攻め（みところぜめ）である。

これは効果があったようで、

「ぁあああああ、これ、すごい……ぁああ、あああ……へんなの。わたし、へんなの……わからなくなる。わからなくなる……ぁあああぅぅ、もっと……」

そう喘ぐように言って、扶美は理性のたがが外れたように腰をさかんに前後に振って、

「扶美さん、下腹部の勃起をぎゅっと握ってくる。

「扶美さん、咥えられる？」

「はい……」

扶美はまた顔を伏せて、いきりたちに唇をかぶせた。

「んっ、んっ、んっ……！」

何かに突き動かされるように、肉の塔をしゃぶってくる。

「ぁああ、最高だ」

泰三はうねりあがる陶酔感のなかで、三所攻めをつづける。

しきりに、アヌスに人差し指を送り込み、親指を膣に押し込み、同時にクリトリスを舌で弾く……。

「んんっ、んんんっ……ぁあああ、もう、できない！」

扶美が肉棹を吐き出して、腰をくねらせる。

こうなると、イチモツを嵌めたくなる。

「おチンチンをオマ×コに入れてくれないか？」

言うと、扶美もそうしたかったようで、泰三の指をアヌスにおさめたまま移動していって、後ろ向きで勃起を膣に迎え入れた。

いきりたつ肉柱が膣におさまっていって、扶美は上体を前に倒す。

ものすごい光景だった。

膣口には自分の肉柱が埋まっていて、その数センチ上のアヌスには泰三の人差し指が差し込まれている。しかも、扶美は快感を求めて、腰を前後に揺らすので、人差し指がずぶずぶとアヌスを犯し、その下で勃起もオマ×コにしっかりとおさまっている……。

「ぁああ、あああああ、すごい、すごいよ」

うれしそうに言いながら、扶美はいっそう激しく腰を打ち振る。

「気持ちいい？」

「はい……お尻もあそこも……とくに、お尻がすごい……ぁあああ、知らなかった。気持ちいいの……蕩けていきそう。落ちていきそう……ぁああああ、ぁああああああうぅぅ」

扶美はもっと深いところに欲しいようで、激しく尻をぶち当ててくる。

泰三は抜けそうになる勃起を押さえ込みながら、人差し指でアヌスをうがってやる。すると、肛門括約筋が締めつけてくるのだが、奥のほうは明らかに内臓のような柔らかな粘膜に触れていて、下のほうに何か硬いものを感じる。

（んっ……これはひょっとして？）

指の腹でそこをさすってみると、肉柱の丸みを感じる。

（そうか……これは俺のおチンチンだ！）

膣とアヌスの間には隔壁状のものがあるが、それはとても薄くて、膣におさまった勃起とアヌスに入った指の双方から、互いがはっきりとわかるほどだ。

そして、扶美は激しく腰を前後に揺すりながら、泰三の向こう脛を舐めていたが、

「ぁああ、あああああ……いやいや、オシッコがしたくなった。出るわ。また、吹いちゃう！」

顔をあげて、訴えてくる。

「いいんだよ、吹いて……そのために、バスルームでしているんだから。思う存分に吹いて、びしょびしょにしていいんだ」

「いいのね、びしょびしょにしていいのね？」

「ああ、いいとも。罪悪感も加減もいらない。好きなだけ吹いていい」

安心させると、明らかに扶美の様子が変わった。

「あんっ、あんっ、あんっ……ぁああ、気持ちいい……イッちゃう。イキそうなの……イッていい？　吹いていい？」

「いいよ。思う存分、吹いて、イキなさい」

「ぁあああ、あああああ、来るわ。来る……出る、出る、出る！」

「そうら、イキなさい！」

泰三がぐいと突きあげたとき、

「うあっ……！」

扶美が、低いが凄絶な声を洩らして、ぐーんとのけぞった。

膣とアヌスがびくびくと締まり、つづいて、結合が外れた瞬間、透明なしぶきが迸った。


ベッドに横たわると、隣の扶美が上からじっと泰三を見た。

「ありがとう。わたし、生まれて初めて膣イキしました」

そう真剣な顔で言う。

「よかった。扶美さんはお尻が感じるから、それも効いたんだろうね」

「わたし、恥ずかしい。吉増さんが相手だと何でもできてしまう。潮吹きも初めて……吹きながらイクなんて、もうわたしじゃないみたい。爽快だったわ」

「よかった、ほんとうに……これで、怯まずに恋人さがしができますね」

泰三が言うと、扶美が上からきらきらした瞳を向けて言った。

「考えたんだけど、吉増さんとわたし、すごく気が合うと思わない？」

この場合、セックスの相性がいいと取るべきだろう。

「そんな気がするね」

「だったら、この先もずっとこういう関係をつづけていきたいわ」

「それって……プライベートでつきあうってこと？」

「そう。だって、これ以上の相性がいい人がいるとは思えないわ」

泰三の心は躍った。しかし……。

「うれしいけど、無理だよ。ひとまわり以上も歳が離れている。それに、俺はこんな不細工なオッサンでバツイチだし、才色兼備の長瀬扶美さんとは釣り合わない」

「そんなことはないわ。吉増さん、全然不細工じゃない。あなたが好き」

扶美は折り重なるようにして、唇を押しつけてきた。

かるいキスが徐々に激しく情熱的なものになり、それとともに股間のイチモツがむっくりと頭を擡げてくる。

それがわかったのか、扶美は勃起を手でさすりあげて、言った。

「わたし、吉増さんと結婚するような気がしてきた。結婚するのはいや？」

「いやなわけがない。ずっときみが好きだったんだから。でも、俺はこんな風体でバツイチだよ。それでもいいのかい？」

「問題ないわ」

きっぱり言って、扶美は顔を下半身へとおろしていった。

すでにいきりたっているものを握って、ゆったりと舐めあげ、上から頬張ってくる。

夢を見ているようだった。実際、物事がこんなに上手くいくわけがない。

（夢ならば、このままいつまでも覚めないでくれ。夢がつづくかぎりは、至福の時を彷徨える……）

やがて、ふっくらした唇が屹立を行き来すると、夢にも勝る快感が波のように押し寄せてきて、泰三はそれに身を任せた。

※この作品は2022年9月5日から12月29日まで「日刊ゲンダイ」にて連載されたものに加筆修正した文庫オリジナル小説で、完全なフィクションです。

双葉文庫

き-17-67

オジサマはイカセ屋（や）

2023年4月15日　第1刷発行

【著者】
霧原一輝（きりはらかずき）

【発行者】
箕浦克史
【発行所】
株式会社双葉社
〒162-8540 東京都新宿区東五軒町3番28号
［電話］03-5261-4818(営業部)　03-5261-4833(編集部)
www.futabasha.co.jp(双葉社の書籍・コミックが買えます)
【印刷所】
中央精版印刷株式会社
【製本所】
中央精版印刷株式会社

【フォーマット・デザイン】
日下潤一

ISBN978-4-575-52658-5 C0193
Printed in Japan